KB269447

청춘액션플랜
캠퍼스 비밀 삽질프로젝트

ⓒ황윤지 2011

초판 1쇄 발행일 2011년 8월 29일

지 은 이 황윤지
펴 낸 이 이정원

출판책임 박성규
편집책임 선우미정
기   획 이정규
편집진행 김상진
디 자 인 정정은 · 김지연
편   집 이상글 · 이은
마 케 팅 석철호 · 나다연 · 최강섭
경영지원 김은주 · 박혜정
제   작 고강석
관   리 구법모 · 엄철용

펴 낸 곳 도서출판 들녘
등록일자 1987년 12월 12일
등록번호 10-156
주   소 경기도 파주시 교하읍 문발리 출판문화정보산업단지 513-9
전   화 마케팅 031-955-7374 편집 031-955-7381
팩시밀리 031-955-7393
홈페이지 www.ddd21.co.kr

ISBN 978-89-7527-979-9(03810)

캠퍼스 비밀 삽질프로젝트

청춘애겨선플랜
황윤지 지음
들녘

삭막한 캠퍼스에서
'씨앗들'이라는
새로운 품종이
개발됐다

책을 읽으며 "과연 이 책은 도서 분류를 어떻게 해야 할까?"라는 물음을 던져봤다. 단순히 농사짓는 이야기뿐 아니라 액비 만드는 방법이나 액비원료를 수집하는 방법까지 전문적인 설명이 있지만, 농업기술서는 아니다. 그럼 대학에서 텃밭을 만들고 가꾸기 위한 안내서? 젊은 대학생들의 진솔한 삶, 그리고 독특한 생각과 문화가 표출되었으니 에세이라고 하면 될까?

'로컬푸드연구회'에서 함께 활동하고 있는 고려대학교 사회학과 김철규 교수와 담소를 나누며 고려대 교정을 걸은 적이 있다. 김 교수는 퇴비포대를 쌓아놓은 학생들의 텃밭을 알려주었다. 이름하여 '그루터기텃밭'. 당시는 이른 봄의 토요일 아침이어서 채소는 찾아볼 수 없었다. 하지만 김 교수는 유쾌한 목소리로 텃밭을 일구는 학생들의 활약상―수확한 채소로 김장도 담그고, '파머스마켓

(Farmer's Market)'과 '레알텃밭학교'도 주도하는 등—을 들려주었다. 대학생들이 학교에서 텃밭을? 텃밭학교까지?

사실 오늘날 한국 사회에서 대학생은 고등학생보다 더 힘겨운 생활을 하고 있다. 입시에서 해방되었으나 자신의 이상을 이야기하기에 현실이 너무 팍팍하다. 스펙, 인턴, 해외연수, 자소서 등 취업 문제는 청년들을 허덕이게 한다. '1년 등록금 천만 원 시대'를 버텨내고 졸업하더라도 그들을 반갑게 맞이해주는 곳은 그다지 많지 않다. 이런 현실에서 직업농부를 꿈꾸지는 않지만, 농사에서 삶의 방식을 배우고, 그 속에서 꿈과 희망을 이야기하는, 특이한 청년들이 존재한다. 평범한 학생들과 전혀 다른 대학생활을 구현하는 이들의 이야기가 이 시대의 코드와 어떻게 접속할지 자못 궁금하다.

이 젊은이들은 욕심도 많게 스스로를 '씨앗들'이라고

이름까지 지었는데, 글을 읽으면 읽을수록 정말 씨앗들답다는 생각을 했다. 씨앗(종자)을 둘러싼 여러 사회·경제적 현상에 대한 인식과 참신한 생각, 자신들이 '재미'로 시작한 일에 책임의식을 갖고 대하는 태도, 자신들만의 문화를 창조해내는 독창성, 자신들처럼 '텃밭의 로망'을 실현하려는 사람들에게 도움을 주려고 하는 모습을 보면 이들에게서 새로운 젊은이들, 새로운 씨앗이 연상된다.

'씨앗들'은 농사와 전혀 관계없는 환경에서 자라나 텃밭을 가꾸면서 좌충우돌할 수밖에 없었다. 그러한 과정에서 만들어지는 새로운 관계에 소홀하지 않았던 것은 바로 함께 땀을 흘리며 밭일이라는 육체노동을 했기 때문이 아니었을까? 대학생이 되기까지 항상 타율적인 것에 익숙해 있었던 스스로에게서 벗어나 자신이 느끼는 간절한 필요성을 쫓아 일을 벌이고, 아는 것에 머무르지 않고 즐기는 모습은 읽는 이를 푹 빠져들게 한다.

스펙을 쌓기 위해 취업준비서를 들고 도서관으로 향하는 대학생들 모두가 텃밭을 일굴 수는 없겠지만, 이 책을 통해 많은 젊은이가 더 큰 희망을 발견했으면 좋겠다. 그리고 젊은이를 타박만 하는 '어른'들도 이 책에서 '통 큰' 젊은이들을 만날 수 있었으면 좋겠다.

윤병선(건국대 교수)

삽질하고 호미질한 만큼 세상이 보인다

어쨌든 청춘은 즐겁지 아니한가!

잉여들의
유쾌한 텃밭에
오신 것을
환영합니다

"요즘 뭐해?"

사람들은 묻는다. 그저 의례적인 인사말이거나 사소한 관심일지도 모른다.

"대학에서 농사지어."

"응? 그게 뭐야? 왜 하는 거야?"

사람들은 재차 묻는다. 왜 대학의 좁은 땅을 비집고 들어가, 땅을 파고 농사를 짓고 있는지.

"나도 몰라. 그냥 재미있거든. 하하하."

나는 매일같이 반복적인 질문을 받는다. 졸업 안 하고 뭐하고 있는 건지, 왜 그렇게 사는지. 뭐하고 사냔 질문에 "요즘 취업준비 하느라 정신없어" 혹은 "토익학원 다녀" 했다면 누구도 "왜?"라고 반문하지 않았을 것이 당연한데 말이다. 그러니 나는 (농사를 짓는다는 이유만으로도) 사람들이 "왜?"라고 물을 수밖에 없는, 조금 다르게 보이는 삶을 살고 있는 것이다.

그래서 이 책을 쓰기로 했다. "왜?"라는 사람들의 질문에 한 문장으로 답할 수 없는, 아주 흥미롭고 신나는 이유들을 이것저것 말해주고 싶어서. "설명하기 어려운데, 그냥 너도 같이 하자. 무지 재미있어!"라고 무턱대고 얘기할 수 없어서. 신기하단 사람들의 반응에, 신기한 게 아니라 내겐 당연하고 즐거운 순간이란 것을 알려주고 싶어서. 한마디로 이 책은 계속되는 개인적 무모함과 시행착오에 대한 시시콜콜한 기록이고, 당신을 끌어들이기 위한 솔직한 작업이다.(기대는 말되, 조금은 긴장하시길)

다시 처음의 대화로 돌아가 "왜?"라는 질문에 쉽게 나왔던 "나도 몰라"라는 무책임한 대답을 변명하겠다. 이 대답은 너무 쉽고, 내게 딱 맞다. 난 고작 1년 치 농사를 단 한 번 지어본 '허접 농사꾼'일 뿐이니까. 그렇지만 아무것도 모르는 이 허술한 농사꾼도 고작 1년이란 시간만으로 책 한 권을 써낼 수 있는 경험을 했다는 것이, 놀랍도록 대단한 농사의 가치이고 즐거움이기도 하다.("왜?"라는 질문에 정답을 몰라, 책 한 권으로 겨우 대답을 하는 나는, '경험치 1' 의 하수 레벨일 뿐이라는 뜻도 된다.)

사실 사람들이 내게 왜 이렇게 사는지를 시시때때로 물어줘서 진심으로 고맙다. 나를 평범하게 여기지 않고, 내게 '마이너리티 정체성'이란 이름을 부여해준 '머저리티'(절대 머저리와는 상관없음을 알아주길)가, 끊임없이 똑같은 길, 똑같은 자리를 강요하며 나를 사회부적응자로 몰아 세워준 덕에, 나는 더 열심히 스스로의 삶과 가치관을 연구하게 되었다. "왜?"라는, 주변 사람들의 애정 어린 관심을 제외한, 머저리티의 공격에 매 순간 스스로를 보호하고 변론하기 위해 공부하고 의미를 찾아나갈 수 있게 해주었기 때문이다.

이 책은 지겨운 20대의 담론에 속해, 20대를 변명하고 범주화된 운명공동체를 이야기하지 않는다. 20대 대학생들이 경험하고 풀어낸 이야기지만, 나는 20대의 대표성과는 한참 떨어져 있고(20대의 아웃사이더가 어찌 20대의 보편성과 특수성을 논할 수 있겠는가?), 반복적인 담론에 조금의 관심도 없다. 내가 20대의 대안이니 나를 따르라고 말하기도 싫고, 20대로서 20대의 무기력함을 비난하기도 싫다.(나 스스로가 순수한 '잉여 결정체'이므로) 그저 이기적인 마음에, 20대라서 미숙하고 조금(?) 순수한 이야기이니 귀엽게 봐달라고 할 수 있을까 싶은 정도일 뿐이다.

이야기의 주인공인 '씨앗들(바로 우리!)'은 전공, 대학, 환경과 성격까지 모두 다른 또래 친구들이다. 누가 "모여라!" 하고 외쳐서 선착순 달리기를 한 것도 아니고, 뿌려진 광고지를 보고 찾아온 것도 아닌데, 슬금슬금 모여 작은 텃밭을 만들었다. 처음부터 모두가 서로 알고 지냈던 것도 아니고, 그렇다고 생판 모르는 남남끼리 원대한 목적으로 모인 것도 아니다. 그저 우연하게 만났고, 함께하는 것이 즐거웠다. 서로 다른 생각으로 시작했고, 서로의 생각이 무엇인지, 함께하면서도 크게 개의치 않았다. 어떻게 그랬는지, 지금 생각해도 웃음이 나온다.

우린 단 한 가지 이유로 지금까지 농사를 함께하고 있다. 우리를 묶어준 그 대단한 까닭이 무엇인가? 놀라지 마시라. "단지 재미있으니까!"이다. 우리가 학점도 안 나오고 용돈도 안 되고, 심지어 스펙에도 써먹을 수 없는 이런 짓을 재미도 없는데 하고 있을 리는 없다. 그러니 우리는 각자 버스를 타고 집에 돌아가며, 혹은 방구석에 처박혀 나름의 철학적 고민을 했을지는 몰라도, 다 같이 엄숙한

결의를 다진다든가 극적인 개혁을 공모한 적이 단 한 번
도 없다는 말이다. 그저 캠퍼스 시트콤의 유치한 장면들
처럼, 매일같이 만나 깔깔대면서 떠들고, 생각나는 이것저
것을 무모하게 저질러놨을 뿐이다.

마땅한 사이트도 없고, 사무실도 없고, 온라인 카페 하
나로 검색되는 우리에게 낯선 사람들이 메일로, 게시판으
로, 전화로 연락을 한다. 농법에 대해 질문하고, 텃밭학교
에 참여를 희망하고, 대학텃밭을 넓혀나가고 싶은 사람들
이 꽤 많다. 우리도 잘 몰라 크게 도움을 주진 못해도, 찾
아온 그 열정에 기뻐하며 무엇이든 알려주고 싶어 기꺼이
만난다. 전문가가 아니어서 명쾌한 답을 알려주지는 못해
도, 함께 고민하고 시도할 용기만은 차고 넘친다. 이 책을
통해 많은 사람들이 우리와 함께 자기 집 앞마당에, 학교
의 빈터에 초록색 작은 점을 찍어주길 바라는 것이 우리

의 작지만 원대한 목표이자 희망사항이다.

나는 오늘도 스스로에게 묻는다. 왜 농사를 짓는지, 왜 책을 쓰는지, 왜 이렇게 살고 있는지. 나의 대답은 내일도 조금 달라질 것이고, 아마 평생 변화할지도 모른다. 지금 쓰는 이 글이 단지 오늘의 생각일 뿐이고, 내일 다시 수정해야 될지도, 아니 출간된 후에도 덧붙이고 싶은 말이 수백 가지는 더 생길지도 모른다. 하지만 나는 내 삶에 의미를 더해가는 이 과정이 좋고, 텃밭을 꿈꾸는 이 방식이 좋고, 함께하는 이 사람들이 너무 좋다.

반갑습니다, 잉여들의 유쾌한 텃밭에 놀러 오신 여러분을 환영합니다.

※이 책에서 저자의 의견이 '씨앗들' 구성원들의 생각과 다를 수 있음을 알려드립니다.

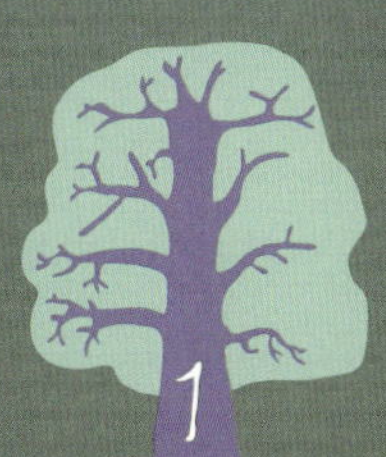

잉여들이 만드는
'작은 지구'

태초에
'씨앗들'이
있었다

당신이 우리('씨앗들')를 모른다면, 그건 절대 이상한 일이 아니다. 당신에겐 보이지 않았던 곳에서 우리만의 '잉여랜드'를 만들어, 좁은 땅을 파헤치고 재미있다고 깔깔대는, 그렇고 그런 애들이기 때문이다. 뒤에 상세히 설명하겠지만, '씨앗들'은 농사에 관심 있는 청춘들이 만나 학교에다 마음대로 텃밭도 만들고, 하고 싶은 일은 죄다 벌이며 노는, 정체불명의 집단이다. 그러니 아무도 관심 없는 일에 푹 빠져 있는 '오타쿠'들로, 제 할 일은 내팽개치고 허상을 좇는 '빼돌이와 빼순이'들로, 하라는 취업은 안 하고 나뒹구는 잉여들로 보일지도 모른다. 하지만 상관없다.

우린 우리를 뭐라 부르든 무관심한, '잉여력' 넘치는 진짜 별종들이기 때문이다. 이 뜬구름 잡는 소리에 아직 감도 잡지 못하시겠지만, 지금까지의 막무가내 자기소개를 사과하며, 조금 더 친절하게 우리의 시작을 순서대로 소개할까 한다. 우리의 재미있는 이야기는 이렇게 비롯됐다.

발단 하나.

2009년 12월, 군 '제대크리(군에서 제대하고 상황이 더욱 악화되었음을 뜻하는 신조어)'를 몽땅 소모해버린 봉석은 폐인의 모습으로 9,900원짜리 피자치킨세트에 의존해 피자가게의 단골로 입지를 다져간다. 이 미친 세상을 뒤집어버려야 한다는 분노감에 휩싸여 있다가도, 우린 안 될 거라는 '루저 감'으로 찌들어버리기를 반복하며 살던 그에게 우연히 한 편의 다큐멘터리가 찾아오는데. 콘크리트로 가득한 도시에서 텃밭을 가꾸어가는 그 동화 같은 이야기는 봉석을 미지의 세계로 이끌고 만다. 군대친구에게 얼핏 들었던 텃밭보급소 카페를 뒤지며 '대학텃밭 건설'이라는 새로운 야망에 불타, 학교에서 아무나 붙잡고 함께하기를 권유. 하지만 예상대로, 친한 친구들마저 봉석의 의견을 개 풀 뜯어먹는 소리쯤으로 무시한다. 그렇게 그가 동지 하나 없이 찢긴 깃발을 나부끼며 외로운 모습으로 서 있을 때 같은 과 선배인 소영을 만난다. 그녀는 허망한 그의 꿈에 숨결을 불어넣었고, 그렇게 우리 텃밭의 역사는 시작된다.(아쉽게도 소영은 봄 농사 이후 함께하지 못했다.)

발단 둘.

학점도 빵빵하고 스펙도 알찬 소은은 봉석을 가련히 여긴 후배가 돌린 전체문자를 받고, 그저 재미있겠다 싶어 모임에 나타난다. 자신의 스펙터클한 캠퍼스라이프에 또 하나의 신선한 점을 찍고자 했던 나름 소박했던 자신의 의도와는 달리, 대면한 씨앗들의 장대한 계획에 당황한 소은. 하지만 고심 끝에 그녀는 다른 대학생들과 달리 농사를 하고 있는 스스로의 모습이 멋있을 거란 요상한 자기최면을 걸고, 자신과는 목표 의식이 다른 낯선 사람들과 함께하기로 용감하게 결심한다. 이렇게 봉석의 지인들로만 구성되었던 '씨앗들'에 생판 모르는 젊은 피가 유입된다.

발단 셋.

선미는 익숙한 것에서 잠시 멀어지고 싶은 피곤함으로 워크캠프를 떠났다. 그녀는 늙은 동네 총각들로 구성된 일본 농사 공동체와 만나 오렌지 농장에서 일하게 되는데……. 하루에 열세 시간씩 꼬박 오렌지를 따는 고된 농사일은 선미에게 과일, 채소에 대한 새로운 생각을 심어준다. 오렌지 하나에도 수많은 농부들의 땀이 자양분이 된다는 것을 깨닫고 돌아온 그녀에게 같은 과 선배 봉석은 텃밭농사를 제안한다. 그녀는 머리보다 몸을 써서 얻은 뿌듯한 결과에 대한 애틋한 추억으로, 봉석의 손을 잡는다.

발단 넷.

은하는 잦은 술자리와 얼큰한 분위기의 동기 사회에서 적응하지 못하고, 휴학과 교환학생 등의 이벤트를 거치고 나니 대학 친구의 수가 0에 수렴하는, 철저한 아웃사이더형 대학생이었다. 졸업을 앞두고 마지막 학기를 다니는 그녀의 수업시간, 교수님께서(바로 우리의 지도교수님이신 김철규 교수님이다) 교내에 농사를 짓는 학생들의 프로젝트가 진행 중이니 참여해보라고

학생들에게 넌지시 권유하신다. 졸업이 아쉬운 은하에게
찾아온 이 제안은, 별다른 죄책감 없이 대형 프렌차이즈
커피숍을 즐겨온 그녀를 새로운 세계로 인도한다. 찾아
간 텃밭은 너무나 좁았지만, 은하에겐 기대하던 캠퍼스
라이프를 그릴 수 있는 흥미로운 땅과의 만남이었다.

발단 다섯.

대학생이 된 지은은 행동하는 삶을 살고 싶었으나,
등록금 인상 반대 투쟁에 참여하는 것은 너무나 과
격하게 느껴지고, 딱히 아는 것도, 함께할 사람도 없
어, 무엇 하나 하지 못하고 대학 시절을 보낸다. 채
식도 시작해봤으나 세상을 바꾸기엔 어렵다며
절망하고 있을 때 '절친' 은하에게 대학텃밭에
대해 듣게 된다. 찾아간 낯선 텃밭에서 지은은
새로운 삶의 방식을 꿈꾸게 되었고, 학교도 휴학해버리고
텃밭농사에 뛰어들었다. 고려대학교 텃밭에 등장한 첫 번
째 타 대학생이 가장 적극적인 멤버가 되어, 이제는 취미
인지 삶인지 분간하기 어려운 상황의 텃밭농사를 계속하
게 된 것이다.

발단 여섯.

　윤지(나)는 허황된 말 하기를 즐기고, 제가 수습 못하는 일 벌이기만 좋아하는, 그냥 날라리다. 정말 어느 날 갑자기 채식을 하겠답시고 '싸이월드 투멤(투데이 멤버)'이 되어 유명인 행세를 하더니 연락이 닿은 채식동호회에 출입하기 시작한다. 그러나 상투적인 만남에 회의를 느낀 그녀. 몇 안 되는 고등학교 친구 중 하나인 지은의 텃밭 모임 이야기는 그녀에게 새로운 흥미를 자극한다. 그러고는 자기 맘대로 지은을 따라와 재미있다며 '짱 박혀' 일도 제대로 안 하고, 말만 거창하게 늘어놓기 시작한다. 남들이 삽질하고 호미질하는 동안, 근처를 배회하며 허세만 떠는데 그 모습이 너무 자연스러워 누구도 탓을 안 한다.

발단 일곱.

　염치없는 윤지가 그나마 눈치를 보고 데려온 것이 수웅이다. 할 일 없이 빈둥대던 수웅은 언젠가부터 모임에 나타나 육체노동을 도우며 깍두기로 등장한다. 수십 킬로미터의 흙을 날라 어깨가 두 배로 자라는 즐거움에 매료되어, 텃밭학교 수강생이라는 어정쩡

한 신분으로 어영부영 지내던 중, 거름 만들기의 당당한 '오줌 공급원'으로 역할을 하며 얼떨결에 '제7의 멤버'로 자리 잡는다. 여기저기 까불고 다니는 성격으로 얼렁뚱땅 들어와 금방 사람들과 친해져서는, '워낭소리' 봉석과 함께 그나마 그럴듯한 노동력을 공급하는 인물로 거듭난다.

이상이 우리의 '허접스러운 인트로'라고 할 수 있다. 우리는 왜 만났을까? 그건 나도 굉장히 궁금한, 하늘이 정해준 숙명, 아님 뭣도 아닌 지극히 평범한 운명일지도 모른다. 어쨌든 우리는 만났다. 학과도 다르고 학교도 다르고, 몇은 서로 관계가 있었고, 나머진 없었고, 환경도 다르고 삶의 목표도 다르다. 심지어 농사를 짓게 된 시작과 이유도 서로 조금씩 다르다. 우리는 우연한 계기로 만나게 되었지만, 다들 평범함에서 조금은 빗겨나 있어 큰 갈등 없이, 남들이 하기 꺼리고 이상하게 여기는 일들을 그저 재미있다며 하고 있다. 이상의 허술한 시작을 알고서도 우리를 기꺼이 찾아온 당신이 있다면 우리의 서툰 이야기가 당신을 새로운 세계로 안내하는 작은 씨앗이 되길 희망한다. '잉여로운' 봉석의 삶에 우연히 찾아와 우리를 만나게한, 그 다큐멘터리처럼.

농사를 짓기로 마음먹기까지의 과정도 만만치 않았지만, 실행하는 데에는 더 큰 어려움이 따랐다. 사람만 모였지 자금도, 농기구도, 가르쳐줄 사람도, 심지어 땅도 없었다. 다큐멘터리의 영향을 받은 봉석은, 처음부터 학교에 옥상텃밭을 꾸릴 생각을 했지만, 대학의 옥상을 개인적으로 사용할 수 있는 가능성은 희박했다. 경영관은 경영대학에서 관리하고, 법학관은 법대에서 관리하며 모든 건물은 또 학교 차원에서 관리를 하는데, 누구의 허락을 받아야 하는지도 불분명하고, 또 그 과정도 상당히 복잡하다. 옥상은 하늘을 향해 열려 있지만 항상 굳게 잠긴 곳이기도

한, 개방적이면서 동시에 폐쇄적인 공간이었다. 결국 기타 등등의 이유로 어느 건물의 허가도 얻지 못했다.

봉석과 소영은 미디어학부생으로서 항시 기거하는 홍보관(고려대학교 미디어학부 건물)이 옥상텃밭의 최적의 장소라고 생각했다. 홍보관의 옥상은 넓고 평평했으며, 광장을 끼고 있어 통풍도 잘되고 볕도 잘 들었기 때문이다. 하지만 미디어학부생이라도 홍보관의 옥상을 마음대로 사용할 수는 없다. 하는 수 없이 상자텃밭을 놓을 학교의 노지라도 물색하기로 했다. 그리고 찾아낸 농구장 건너편, 그루터기텃밭(이 이름은 후에 지어졌다) 당시에는 농사 경험이 전무하여 땅을 직접 파고 농사짓는단 당연한 생각을 추호도 못하고, 상자텃밭을 놓을 장소로만 생각하고 이곳을 찾았다.

그루터기텃밭은 통행로 옆에 있으면서도, 철쭉으로 가
려져 있어 눈에 띄지 않는다. 상자텃밭을 마음대로 놓아
도 아무도 알아채지 못할, 작지만, 좋은 땅이었다. 당
시 봉석은 노지에 밭을 꾸리는,
노지텃밭의

존재를 새로이 알게 되었고, 이곳을 판다고 해서 안 될 것도 없겠단 생각이 들었다. 결국 누구에게도 허락받지 않았지만, 그루터기텃밭에 직접 농사를 짓겠다는 과감한 결정을 내렸다. 땅을 파 퇴비를 뿌리고 감자를 심었다. 그 순간, 씨앗들의 좌충우돌 역사는 시작된 것이다.

그 좁은 땅 가운데엔 언제 잘렸는지 모르는 그루터기가 있다. 그루터기는 깊고 굵은 뿌리를 가지고 있어, 그 주위에는 작물이 뿌리를 내리기가 어렵기 때문에, 그루터기를 피해 씨앗을 뿌려야 한다. 경작할 수 있는 땅은 그만큼 좁아지지만, 잘린 그루터기 덕에 큰 그늘 없이 농사를 지을 수 있어 고마운 마음으로 그루터기텃밭이라는 이름을 붙였다. 좁은 땅을 넓히기 위해 학교가 과학적인 조경법으로 심어 놓았다는 철쭉도 용감하게 옮겨 심었다. 우리 눈에는 아무렇게나 심어진 것 같았고, 철쭉은 옮겨졌지만, 여전히 우리의 경작지 옆에서 잘 살고 있으니, 큰 문제는 없을 거라 믿었다.(철쭉아, 미안. 하지만 너도 옆에 새로운 작물들이 생기니 더 즐거울 거라 생각할게.)

그루터기텃밭의 땅은 농경지로 한 번도 이용된 적이 없는, 매립지에 가까웠다. 땅에 작물이 자랄 수 있도록 땅을 고르는 일이 가장 중요했다. 벽돌부터 철사까지 다양한 폐기물들이 쏟아져 나왔고, 80년대의 열기를 담은 화염병 조각들까지도 한 무더기 골라냈다. 그렇게 수백 개의 이물질들을 걸러내고 나니 나름 부들부들한 흙으로 덮인 땅의 모습을 갖추었다. 비록 손바닥만 한 땅이었고, 1미터쯤 아래에는 아예 콘크리트 바닥이 딱딱하게 자리 잡은, 커다란 화단이나 다름없었지만, 우리에게는 부족한 것 없는 곳이었다. 작은 계단을 밟고 내려오면, 저 위에선 보이지 않는 작은 땅이 살포시 이마를 드러내고 수줍게 우리를 맞는다. 학교에 작은 공간을 점유했다는 사실만으로도 우리의 가슴을 콩닥콩닥 뛰게 하는, 첫사랑보다 설레는 애틋함이 생겼다.

학교에 허가를 받지 못했지만, 그게 뭐 대수라고.

"학교에서 사용하지 않는 노지인데, 여기 씨앗 좀 뿌린다고 누가 우리를 욕하겠어!"

신나게 외쳤지만, 마음속으로는 조금 찔렸던 것도 같다. 조그만 땅이지만 학교를 불법적으로 점령했다는 생각에, 괜히 가슴도 뛰었던 것도 같다. 아무도 모르길 바랐고, 누가 텃밭 근처로 다가오면 일단 두려웠다. 우리의 밭이

아무 탈 없이 잘 있는지, 매번 텃밭을 향하는 그 길마다 긴 장해야 했다.

언제 쫓겨날지 모르는 세입자의 마음이 이럴까? 아니, 무단으로 집을 짓고 사는 판자촌 사람들의 마음과 가까울 것 같다. 남의 땅에 집을 지은 사람들에겐, 소유욕과 뒤엉 킨 불안감으로, 언제 허물어질지 모르는 집에 대한 강한 애착이 생긴다. 우리도 그랬다. 언제 빼앗길지 모르는 땅 이었기에, 그루터기텃밭을 애지중지 다루었다. 수확물은 더 없이 소중했고, 우리가 고른 땅과 두둑이 깊은 발자국 으로 헝클어져 있으면 마음이 아팠다. 후에 겨울이 되어 철쭉들이 야위어가고, 그루터기텃밭이 사람들 눈에 노출 되었을 때, 우리는 학교로부터 철수하라는 통보를 받았다. 우리 소유의 땅은 아니었지만, 우리가 가꿔온 그 땅을 빼 앗길 순 없었다.

대학 내의 대부분 땅은 현재 비어 있더라도, 대부분 건 축 계획이 잡혀 있다. 2017년에 무슨무슨 건물이 들어올 거란 식의 계획이 잡혀 있다는 게 학교가 토지 사용을 허 가하기 어렵다는 이유이기도 하다. 허가해줬다가 후에 나 가지 않겠다고 버팅기면 내쫓는 데 번거로운 상황이 벌어질지도 모르기 때문이다. 그래서 대학 안에서 합법적인 농경지를 얻어내기란 힘들다. 물론 개혁적이고 '열린 대학'도 있을 것이다. 수원대는 학내에 1,000평이 넘는 농경지가 있다고 한다. 서울보단 땅값이 싸기도 하겠지만, 한 번 찾아가서 우리보다 백배는 넓은 그 통 큰 규모에 압도당해보고도 싶다.

여기서 잠깐, 노지텃밭 만들기에 대해 간략하게 소개하자면…… 자기 소유의 땅이 아니더라도 씨앗을 뿌려 작물이 자라고 있다면 법적으로 작물은 보호를 받는다. 즉 누구도 함부로 경작물과 경작지를 훼손할 수 없다는 말이다.(그래서 게릴라성으로 노지텃밭을 만드는 사람들도 있다.) 만약 학교의 허락을 받진 못했지만 텃밭을 꾸리고 싶은 학생들이 있다면 불법적으로 땅을 경작하고, 합법적으로 작물을 보호받는 방법도 있다. 하지만 함부로 남의 땅에 경작을 하는 경우 소유주는 법적인 절차를 따지기 전에 작물을 훼손해버릴 가능성이 크기 때문에 현실적으로 게릴라 전략을 실현하기가 어렵다. 우리도 학교에서 철수를 부탁한 그 루터기텃밭을 지키기 위해 버티기, 씨뿌리기라는 허술한 전략으로 나름의 필사적인 대응을 했다.

그루터기텃밭에 농사를 시작하고 나서 한참이 지나도, 그 길을 다니는 학생들은 그곳에 밭이 있다는 사실을 알지 못했다.(여전히 모르는 사람들이 훨씬 더 많다.) 허가도 받지 않고, 대놓고 농사를 시작했는데, 철쭉으로 가려져 아무도 알지 못했고, 겨울이 오기 전까지는 큰 제재도 받지 않아 우리에겐 비밀의 화원이나 다름없다. 여기서 적지만 다양한 품종의 작물을 수확했고, 후에 50~60명의 실습장소로도 이용하는 등 마땅한 모임 장소가 없는 우리의 동아리 방이자 회의실, 놀이방으로까지 쓰였다. 실제로 가본다면 너무나 좁아서 누구나 깜짝 놀랄 크기지만, 그루터기텃밭은 우리의 사랑스러운 첫 땅이자 우리가 지켜야 할 우리 땅이 되었다.

CCP(Creative Challenger Program. 교과부에서 '교육역량강화사업'
이라는 목적 아래 각 대학에게 주는 예산으로 고려대학이 운영하는 자율
적인 프로젝트. 다음 장에 자세히 소개된다) 지원서 지도교수란에
써 넣을 이름을 찾기 위해, 우린 처음 시작했을 때와 다를
바 없이 무작정 그 이름을 찾아 헤매기 시작했다.

저희는 정식 명칭도 없고, 역사적인 단체도 아니고, 그
저 의욕만 있는 학생들입니다. 학교에 텃밭을 만들고 싶
습니다. 하지만 아무런 지식도 없습니다. 현재 학교에 조
그만 땅을 (우리 마음대로) 점거한 상태로, (학교 입장에서는 불

법이라고 볼 수도 있겠죠) 그 땅과 우리의 지도교수님이 되어 주시기를 부탁드립니다. 그 대가로 해드릴 수 있는 건 딱히 없고, 원하신다면 텃밭의 수확물을 (n분의 1로) 나눠드리겠습니다. 농사 결과에 따라 수확할 것이 아예 생기지 않을 수도 있다는 것을 참고하십시오.(이 무례한 부분에는 글쓴이의 과장이 섞여 있음)

말하자면 이런 식의 부탁을, 농사에 조금이라도 관련이 있을 법한 학과의 교수님들에게 막무가내로 해댔다. 하지만 흔쾌히 응해주실 분은 당연히 없었다. 우리는 항상 거절당해왔고, 부탁드리는 순간에도 거절당하는 게 자연스러운 거라 생각하며 이야기를 꺼냈다. 수많은 대안들 가운데 허브 재배를 연구하는 교수님과의 성사가 최선이라 여기고 있던 중 봉석은 정말 최후의 방법을 시도한다. 가능성 0.1%를 찾아 구글 검색창에 '고대', '텃밭', '교수'라는 세 단어를 입력해본 것이다. 조회된 검색 결과는 고대신문의 '잊혀진 11월 11일을 아십니까?'라는 칼럼. 그 내용은 이렇다.

대부분 알고 있겠지만 지난 11월 11일은 빼빼로데이

였다. 그러나 같은 날이 '제14회 농업인의 날'이었다는 사실을 알고 있던 고대생이 몇 명이나 될까? 거대도시 서울에 살고 있는 우리에게 농업이나 농민이란 말은 남의 나라 옛날이야기처럼 낯설다. 급격하고, 과도하게 이뤄진 도시화 탓이다. 그렇다면 농민은 무엇을 하는 사람일까? 농민은 농산물을 생산하는 사람이다. 즉 먹을거리를 만드는 일을 하는 사람이 농민인 것이다. 농민이 생산하는 농산물의 대부분은, 사실은 도시인이 먹는다. 뒤집어 얘기하면 도시인은 자신이 먹을 것을 생산하지 못한다.

스스로에게 질문을 던져보자. 내가 아침에 먹은 밥은 어디에서 왔을까? 된장은? 김치는? 농민이 생산한 쌀, 콩, 배추와 고추를 먹은 것이다. 이 간단하고 명확한 사실이 신비화되고, 잊혀진 것이 현대 자본주의 사회의 비극이다. '농(農)'과 '식(食)'의 사회적 거리와 물리적 거리가 증가해 우리는 농업과 먹을거리의 긴밀한 관계를 보지 못하게 됐다.

근대화와 발전이라는 정치·경제적 기획은 도시와 산업 중심의 사회를 만들어냈다. 가상세계와 정보산업, 타워팰리스와 포스트모더니즘이 시대의 키워드가 됐다. 그 과정에서 농업은 낙후성의 상징이 됐다. 농민은 땡볕에 땅을 파는 주름살투성이의 시골 노인으로 인식된다. 우리와 아무 상관없는 이방인이요, 객체화된 타인으로 규정된다.

그러나 어느 날 이 이방인이 사라진다면 어떤 일이 일어날까? 우리는 최신형 핸드폰이나 PMP를 먹을 수 없다는 사실을 깨닫게 될 것이다. 쌀, 콩, 배추가 화려한 조명의 대형 마트에 자동으로 탑재되는 것이 아니라는 점을 알게 될 것이다. 우리가 망각하는 가장 단순한 사실이 있다. 먹지 않고는 살 수 없다는 점이다. 그리고 도시인은 자신이 먹을 것을 농민에게 의지하고 있다. 우리 존재의 가장 기본적인 조건을 농민에게 빚지고 있다. 그런 의미에서 우리는 겸손해질 필요가 있다. 토익 만점을 받고, 글로벌 리더를 외치고, 금융 이론을 이야기해도 우리는 벼와 피도 제대로 구별 못하는 헛똑똑이라는 사실을 기억해야 한다.

… 중략 …

OECD에 가입하고, 경제 선진국이 됐다고 겉멋 들어 자랑하지만 우리나라 식량자급률은 25% 정도로 세계 최하위권이다. 쌀을 제외한 곡물자급률은 4.6%에 불과하다. 매우 취약한 식량구조다. 우리 역시 농업인이 돼야 하는 이유가 여기에 있다. 최근 도시농업에 대한 관심이 높아지고 있다. 콘크리트와 아스팔트 잿빛 공간에서 자기 손으로 텃밭을 가꾸고, 농사를 짓는 사람이 늘고 있다. 매우 고무적인 일이다. 우리도 학교 공간에 텃밭을 가꾸며 농민이 돼야 한다. 또 생협 소비를 통해 간접적으로 생산과정에 참여하는 공동생산자(co-producer)가 돼야 한다. 다음 농업인의 날엔 고려대 학생과 교직원이 학교텃밭에 모여 소박하게나마 '제15회 농업인의 날'을 기념할 수 있을까?

김철규(문과대 교수 · 사회학과)

응? 학교 공간에 텃밭을 가꾸는 농민이 돼야 한다고? 학생과 교직원이 학교텃밭에 모여야 된다고? 이거 우리 이야기가 아닌가! 우리가 꿈꾸는 모습이 아닌가! 우리와 같은 꿈을 꾸는 교수님이 계시다고? 아니, 이것은 말 그대로 고무적이다. 지도교수란에 쓸 이름을 찾은 것뿐만 아니라 학생들만의 모임에 함께할 새로운 교직원 멤버를 찾은 것이다. 구글이 소개해준 이 사람을 당장 만나야겠다. 당장 우리의 막무가내 부탁을 김철규 교수님께 메일로 전달했다. 그리고 도착한 답장.

너무 좋은 생각을 가지고, 행동하고 있어서 반갑네요.

기쁜 마음으로 지도교수를 맡겠습니다. 비슷한 생각을 하고 있었지만 실행에 옮기지 못하고 있었는데 기대가 큽니다. 함께할 수 있는 일들이 많이 있다고 생각합니다. 연구실에 한번 오세요. 목요일 오후가 좋을 듯하네요. 전화 한번 주고…….

이 글을 쓰는 지금도, 이 감격스러운 답장에는 다시 마음이 벅차다. 반갑다니, 기쁜 마음이라니, 함께할 수 있는 일들이 많이 있다니. 항상 학교로부터 매몰차게 거절을 받았어도 조금의 가능성으로 매달려 온 우리에게 이 다정한 환대는 '영원히 잊을 수 없는 순간'이 되었다.

멀게만 느껴지던 교수라는 위치에서 한 걸음 내려오신 선생님은, 카페 닉네임 '열무'로서, '씨앗들'의 새로운 멤버가 되셨다. 교수님은 햄버거를 좋아하는 봉석에게 아직도 햄버거와 웰치스를 먹느냐며 핀잔을 주신다. 다양한 대학에 다니는 '씨앗들'을 똑같이 아껴주신다. 끊이지 않는 '씨앗들'의 난관에 매번 진심으로 함께 고민해주신다. 우리보다 더 자주 텃밭을 찾으시고, 우리만큼 텃밭에 애정을 가져주신다. 그래서 우리는 교수님께 거리낌이 없다. 사실 전공 교수님들보다 수십 배는 더 가깝게 느껴지기도

우리의 빽!
교수님
짱
제 8의
멤버

한다. 시답지 않은 장난도 걸고, 쓸데없는 농담도 주고받으며 우리는 교수님과 따듯한 식구가 되었다.

교수님과 한 식구가 되니 우리는 학교에서도 괜히 더 당당해졌다. 든든한 '빽'이 생겼으니까. 씨알도 안 먹히던 우리의 이야기에 학교가 조금씩 관심을 보인다.(교수님이 이사장이 아니신 게 진심으로 안타깝다.) 교수님께서 우리의 멘토일 뿐 아니라 함께 공부하고 고민하는 다정한 멤버가 되어주신 것에 무엇보다 감사드리고 있다.

생각하는 농부가 되라는 교수님의 조언이 우리를 조용히 이끈다. 고추 몇 개 따 가셨다며 머쓱해하시던 모습이 우리를 더욱 씩씩하게 만든다. 그래서 여전히 우리는 아주 작은 고민에도 쉽게 교수님을 찾고 있다. 그저 전화 한 번만 드리고. 우리 교수님, 짱인 듯!

농사자금, 어떻게

마련할까?

그루터기텃밭에 삽을 들이대고 호미질을 시작하기 전, 무일푼으로 농사를 짓겠다고 땅을 찾아 나섰지만, 누가 "옛다" 하고 땅을 내줄 리 없어 방황하던 그때. 정처 없이 헤매는 봉석의 눈에 들어온 것이 교과부에서 '교육역량강화사업'이라는 목적 아래 각 대학에게 주는 예산으로 고려대학이 운영하는 자율적인 프로젝트 CCP였다. 학생들에게 연구주제를 공모 받고 선발하여 연구비를 지원해주는데, 당시에는 금전이 필요해서가 아니라, 학교에서 지원하는 프로젝트에 이용한단 명목으로 땅을 얻어내기 위해 프로젝트에 지원하기로 결정했다.

지원 자격을 맞추기 위해, 옥상텃밭 가꾸기를 희망하며 최적의 장소로 홍보관을 꼽았던 것에서 유래한 '기다려 홍보관!'이라는 오그라드는 팀명도 정하고, 지도교수님 자리에 김철규 교수님도 찾아 모시는 등의 준비를 끝냈다. 하지만 매년 초에 뜨던 CCP 공고는, 국회의 예산파동 영향인지 교과부의 예산 집행이 늦어져 감자를 심어야 하는 3월 말까지 감감무소식이었다. 이미 그루터기텃밭을 막무가내로 개간하고 우리 땅 행세를 하고 있었던 터라 굳이 CCP를 지원해야 할 이유가 없어졌다. 하지만 공돈이 생긴다는데 뭐가 문제냐는 소영의 말대로 대학텃밭 경작, 상자텃밭 보급, 수확물을 이용한 김장을 내용으로 5월 CCP 계획서를 고치고, 고치고, 고쳐서 지원을 강행했다. 그 결과 아이디어가 참신했던 것인지, 지원자가 부족했던 것인지 덜컥 300만 원을 받아내는 '당첨' 공고를 받았다.

로또 당첨금 같은 이 돈을 어디에 쓸 것인가? 우리끼리 회식하고 여행하고, 홀랑 털어 먹을까? 작물의 8할은 땅이 키워주지만, 적어도 씨앗이나 모종, 사소한 손길이 필요하다. 그러니까 공짜로는 안 된다. 하지만 이 좁은 땅에서 1년 농사짓는 데 300만 원은커녕 100만 원으로도 차고 넘칠 텐데. 모종과 씨앗만 300만 원어치 사게 된다면 고려대학교를 뒤덮을 만큼 많아 학교를 점령하는 규모가 된다. 따라서 열 평도 안 되는 그루터기텃밭에 키울 모종과 자잘한 농기구, 퇴비까지 구입해도 많은 돈이 남는 상황이다.

쓸데없는 돈이 생기자 가진 것 없이 여기저기 들쑤시고 다녔던 과거의 빈궁했던 모습은 잊고, 금세 돈 쓸 곳을 궁리하는, '가진 자'의 입장이 되었다. 돈 버는 게 이렇게 쉽다니! 아니면 우리가 좀 '짱'인 건가? 하하하! 하지만 기쁨도 잠시였다. 돈도 있겠다, 열정은 넘치겠다, 우리끼리의 세미나를 통해 무모한 자신감만으로 '텃밭 강좌'와 '파머스마켓(Farmer's Market)'을 열기로 결심한 것이다. 새로운 프로젝트에 들어가는 많은 비용으로, 우리는 다시 금전에 헐떡이는 어린양들이 되었다. CCP의 지원금 지급방식이, 돈을 날름 타 내고 대충 프로젝트를 끝내버릴 경우를 방지하기 위해, 150만 원을 먼저 지급하고 나머지는 프로젝트 완수와 함께 지급하는 형태이기 때문이다. 따라서 우리는 먼저 지급받은 150만 원은 진즉에 탈탈 털어 쓰고, 필요한 돈은 매번 갹출할 수밖에 없는 상황을 맞았다.

　야박한 학교에서 300만 원이라는 거금을 받아내고서도, 회식이나 유흥비로는 땡전 한 푼 써보지 못하고 텃밭 강좌와 파머스마켓의 운영비로 몽땅 쏟아 부었는데도 돈이 부족했다. 게다가 일하는 동안 식대부터 각종 잡비까지 스스로 감당해야 하는 구조에 불만을 느낀 우리는 후에 돈을 얻어낼 새로운 방법을 연구하게 된다. 하여튼 우리는 CCP에서 지원받은 이 300만 원을 알뜰하게 탈탈 털어 썼다. 300만 원의 대가로 중간보고서, 기말보고서를 제출하는 귀찮은 일에 시달리긴 했다. 하지만 교수학습 개발원 담당 조교님께서 우리의 버라이어티한 활동내역에 특별히 관심을 가져주신 덕에, CCP의 지원을 받는 60여 개의 프로젝트 팀들 앞에서 중간발표를 할 수 있는 기회도 얻었다.

　CCP를 지원한 대부분의 팀들이 과학적인 연구에 치중해 있었기 때문에 몸으로 부딪치는 우리 팀의 활동이 상대적으로 돋보일 수밖에 없기도 했다. 사실 우리는 연구보고보다는 다양한 프로젝트 활동으로 바빠서, 부끄러운 말이지만, 보고서도 열심히 작성하질 못했다. 늦게 제출한 적도 있고, 하루 전날에 급하게 작성한 적도 있었다. 하지만 성실한 보고는 못했어도, 그 300만 원으로 100명에 가까운 사람들이 텃밭학교, 파머스마켓 등으로 서로 만날 수 있었기에 쓰임새가 알찼다는 것만큼은 자신 있었다. 결국 씨앗들은 그 노력에 보상받기라도 하듯이, 우수팀에 뽑혀 시상식에도 참석하고 상금까지 받는 영광을 누렸다.

상금 60만 원이 사실 가장 기쁘기도 했지만, 무엇보다도 우리의 활동에 협조적이지 못했던 학교가 조금은 우리를 인정해준 것 같은 느낌이 들어 자랑스러웠다. 상 이름도 '총장상'. 무척 거창했다. 잔뜩 기대한 우리는 교환학생이 되어 스웨덴으로 날아가버린 봉석을 제외하고는 모두 시상식에 참석했다. 사실 봉석, 소은, 선미와 함께 활동을 계획했던 현호까지 4인의 이름으로 받게 된 상이지만, 조금도 개의치 않고 전원 참석해 사진을 찍고 난리를 쳤다. 하지만 실상은, 아주 좁은 방에서 (예상대로 총장은 불참했다) 우리끼리 진행된 조촐한 시상식에 불과했다. 당연한 일인지 대리수상을 해주신 분은 우리의 활동내역을 자세히 알지 못하셨다. 하지만 뭐 어때. 우리만 재미있으면 됐지.

소은은 친구들에게 CCP를 100번이 넘도록 설명을 해줬다고 한다. CCP 홍보대사라 해도 좋을 만큼 홍보를 해

준 격이다. 그만큼 CCP는 우리에게 새로운 시도를 꿈꿀 수 있게 해준 좋은 기회였다. 돈이 있으니까 이것저것 시도해볼 수 있는 자유로운 환경이 주어졌고, 공돈이니 더욱 부담 없이 여러 가지 일을 벌였다. 용돈 받으며 학교 다니는 가난한 대학생들에게 스스로 융통할 수 있는 자본이 생겼다는 것은 매우 신나고 자극적인 일이었다.

무엇을 시작하고 싶을 경우, 그 부푼 마음뿐, 필요한 기본 재료가 없어 결국 아무것도 시도하지 못하는 경우가 많다. 자본의 경우가 특히 그렇다. 학자금대출 받으며 학교 다니고, 신용카드 막으면서 사는 우리가 돈을 가지고 이런저런 실험을 해볼 기회는 특히나 없다. 더욱이 졸업하고 취업해야 하는 마당에, 전화 한 통으로 소액대출이라도 받았다간 초가삼간 다 태울지도 모른다. 그렇지만 젊은 대학생들에겐 돈 많은 정부, 대학, 기업의 돈을 이용하는 좋은 방법이 있다. 찾아보면 당신에게 선뜻 돈을 지원해주는 기업들이나 장학금 제도 등이 꽤 있다.

돈 많은 학교나 기업이 준 돈은 갚지 않아도 되고, 보답하지 않아도 된다. 사업에 실패한다고 집에 빨간 딱지가 붙는 것도 아니고, 가족끼리 뿔뿔이 흩어져 살지 않아도 된다. 그러니 돈이 없다면 남의 돈 쓰기를 연구해보는 것이 좋다. 우리는 아기자기한 공모전에 지원해서 받은 쏠쏠한 상금으로 부족한 돈을 매우기도 했다. 지은은 예쁘게 키운 상자텃밭으로 상자텃밭경진대회에 나가 상금을 받아오고, 대표로 생방송에 출연해 출연료도 받아오는 등 우리의 열악한 재정 상태를 채우기 위한 노고를 아끼지 않았다. 이처럼 프로젝트를 열심히 이끌어서 추가 상금도 받아내고, 진행 활동과 연관선상에 있는 공모전에도 참가하면 새로운 자금을 얻어낼 수 있다. 우리는 그동안 비인기 종목에 출전한 덕분에 쟁쟁한 경쟁자가 없어, 나중에 농진청의 지원까지 받게 되니 가히 '블루오션 전략'이라 칭할 만큼 재정적으로도 만족할 수 있었다. 이 책의 수익금도 우리의 프로젝트를 지속 가능하게 하는 믿음직한 역할을 해준다면 정말 좋겠다.(과연 누가 기꺼이 독자가 되어줄지 의심스럽기는 하지만.) 앞으로도 귀찮지만 돈을 벌 궁리를 게을리하지 않아, 새로운 일을 끊임없이 벌이고 싶다. 처음이자 마지막으로, 쿨하게 회식비를 공금으로 내보고도 싶다.(제발!)

좌충우돌 초보텃밭꾼들과

힘센 작물들

감자를 심고 드디어 농사가 시작되었다. 그저 농사에 대한 로망만으로 경작을 시작한 도시 출신 멤버들은 씨 뿌리고 물만 주면 열매가 생기는 줄 알았다. 하지만 본격적으로 농사를 시작하려니, 평소에 하던 대로 '포털'에 검색하고 '지식인'에 물어본다고 알 수가 있나? 막막하기만 했다. 봉석이 도시농부학교를 다니며 미리 농법을 익혀 왔지만, 경작 한 번 못해보고 '글로 배운 농사'는 실전에서 별 도움이 안 됐다. 결국 도시농부학교의 멘토 이복자 선생님께 전적으로 의지하여, 작은 변화에도 "이건 왜 그래요", "저건 왜 저래요?", "오늘은 뭐해야 되나요?" 하고 전화로 여쭤보는 수밖에.

사실 봉석은 학교에서 혼자 삽질하고 호미질하는 모습이 부끄러워, 이렇게 사람들을 모으고 일을 벌인 것이기도 했다. 여러 명이 땅 파고 있으면 무슨 연구라도 하나 보다 생각해줄 테니까. 처음 봉석이 삽을 메고 등교했을 때 그는 누가 지켜보는 것도 아닌데, 괜히 고개는 푹 숙이고, 아는 사람이라도 만날까봐 재빨리 걸었다. 전공서적 껴안고 등교하는 학생들 속에서, 철물점에서부터 학교까지 숨도 쉬지 않고 땅만 보고 걸어와 그루터기텃밭에 도착해서야 한숨 내쉬며 삽을 내려놓는 그의 얼굴은 당근보다 빨갰다. 퇴비를 두 손으로 움켜쥐고, 이 사람 저 사람에게 만져보라며 눈을 반짝이는 지금의 모습과는 한참 달랐다.

처음 그 한 삽을 퍼내기까지, 참 오래 걸렸다. 함께할 사람을 찾고, 땅을 찾아 삼 만 리, 시작되지 않은 농사를 거들먹대며 적은 보고서, 이메일, 그리고 두세 달쯤 지나서야 겨우 퍼낸 그 한 삽. 땅을 파 두둑과 고랑을 만들고, 두둑을 살살 파내 씨감자를 나란히 심는 그 순간이 얼마나 신기하고 거룩했는지. 철쭉을 옮겨 심고, 두둑을 몇 개 만든 것만으로, 그 황량했던 노지가 나름 밭의 모양을 갖추게 되자 봉석, 소영, 소은은 (겨우 땅 조금 파내 흙을 이리저리

옮긴 것뿐이었는데도) 너무나 신이 났다. 취업 준비로 농사일에서 빠져야겠단 말을 전하려 나왔던 소영도, 함께 기뻐하다 취업 걱정은 싹 잊어버리고 의지를 다졌다.

그다음 주엔 다시 모여 상추와 청경채, 당근 씨앗을 뿌렸다. 여전히 텃밭백과와 아이폰을 뒤져가며 한 뼘 간격이라니 진짜 손바닥을 쭉 펴 한 뼘을 재고, 한 마디 아래에 심으라니 한 마디까지만 딱 맞춰 씨앗을 심었다. 한 톨 한 톨, "이거 맞아? 이렇게 심으면 돼?"를 외치며 조심조심 심었지만, 아무리 정성스레 심었어도 셋이서 그 좁은 밭에 씨앗을 뿌리는 데는 생각만큼 오래 걸리지 않았다. 셋이 서로를 바라보며 멀뚱멀뚱 밭에 서 있다가 '이제 끝인가? 이대로 놔두면 되는 건가?' 하고 시간만 끌다가 불안한 마음만 안고선 그대로 헤어졌다. 설마 저기서 진짜 감자가, 진짜 당근이 생길까 하는 의문을 저버리지 못하고.

그렇게 씨앗을 심어 놓고 몇 주가 지났다. '망했나? 저기서 뭐가 돋아난다는 게 더 이상하지' 하며 잊고 지냈는데, 혹시나 찾아가 본 그루터기텃밭엔 여기저기 조그만 새싹들이 얼굴을 내밀고 있었다. 봉석은 삐질삐질 돋아난 그 싹들을 바라보고, 비명을 지르며 소영과 소은에게 전화를 했다. 여기 뭔가가 돋아났다고. 한 줄로 나란히 난 것을 보니 우리가 뿌린 그 씨앗들이 맞는 것 같다고. 다 필요 없고, 그냥 얼른 와서 이거 좀 보라고. 학점을 잘 받아도, 좋아하는 팀이 야구경기에서 이겨도, 조금도 기대할 수 없었던 세상의 긍정적인 변화를, 난생 처음, 이 작은 씨앗들로 만들어냈다는 기쁨이, 그 후로도 지금까지 우리가 밭을 떠나지 못하게 한 이유가 되었다.

돋아난 새싹들은 잘도 자랐다. 그 척박한 땅에서도 쑥쑥 자라나, '줄기차게 자란다'는 말의 의미를 실감했다. 감자줄기는 쑥쑥 허리춤까지 자랐고, 우리는 초심자의 행운이라 믿으며 농사 대박이라고 기뻐 날뛰었다. 그땐 감자줄기가 건강하지 못해, 연약하고 길게 '웃자랐다'는 것도 모르고 그렇게 좋아했다니, 모르고 좋아할 수 있다는 게 '초심자의 행운'의 진짜 의미인 것 같다.

귀엽게 돋아난 상추들은 하나, 하나가 아까워 속아주질 않았더니 비실비실 잘 자라지 않았다. 겨우 한두 번 수확하고, 이제 상추 농사는 끝인가 보다 생각하고 땅을 엎으려 했는데, 도시농부학교 선생님들이 오셔서 하얗게 웃으시며 상추들을 옮겨 심어주셨다. 띄엄띄엄 심어진 상추

들은 많은 양분을 빨아들이며 씩씩하게 자라났고, 밭을 찾을 때마다 우리에게 한 바구니 상추잎을 선물했다. 두고두고 상추를 따 먹으며 다음부턴 과감하게 솎아주리라 마음먹었지만, 연약한 마음에 그게 또 생각처럼 쉽지가 않다.

글로 배운 농사답게, 줄기를 7센티미터 깊이로 심어주라는 명을 칼같이 따라 고구마도 심었다. 하지만 흙 위로 길게 나온 줄기들은 모두 말라 죽어버렸고, 얕게 심은 고구마줄기들은 한 줄기당 한 개의 고구마를 남겼다. 줄기를 깊게 심어줘야, 땅으로 뻗은 줄기에서 고구마들이 예쁘게 맺히는데, 그것도 모르고 고구마는 어디 있냐며 끝없이 땅을 팠다. 고구마 한두 개가 흙 속에서 튀어 나오자 탄성도 지르고, 나머지들은 우리가 모르는 깊은 곳에 숨겨져 있을 거라며 땅을 파고 또 팠지만, 그게 끝이었다. 글로 배운 깨알 같은 농사는, 우리에게 딱 '심은 만큼만 거두는', '생산력+0%'의 결과를 안겨줬다.

'부추를 심어 부추전을 만들어 먹자!'는 희망으로, 봉석과 소은은 그 좁은 땅 비탈에 억지로 두둑을 만들어 부추를 심었다. 하지만 장대비에 부추 씨는 홀랑 떠내려가 버리고, 그렇게 희망은 한 줄기 빗방울에 쉽게 좌절되었다. 당근은 봉석을 농사에 매료되게 했다. 이 이야기는 우리끼리 봉석에게 수백 번은 전해 들어, 매번 "제발 그만해! 지겨워!"를 외치게 한다. 지겹지만 마지막으로 이야기하자면, 항상 마트에서 구입한 당근 열매만 먹어온 봉석이 처음 당근 잎이란 것을 키워 먹어 봤을 때, 그 향기에,『요리왕 비룡』에서나 나오는, 흑룡이 승천하고 봉황 날개짓 소리가 들리는, 맛의 경지를 느꼈다는 것이다. 그는 무척이나 감명 받아, 만나는 모든 사람에게 '당근잎 예찬론'을 전하는 '당근 홍보대사'가 되었다.

빨간 열매들을 기대하며 토마토도 심었다. 곁순을 따주라는 말에 순을 열심히 따주었는데, 알고 보니 곁순이 아닌 본가지를 따버리고 말았다. 절대 절대 자라지 않는 토마토 줄기. 유기농으로 기른 토마토는 껍질이 너무나도 약해, 익는 과정에서 껍질이 갈라지고 툭툭 터져버린다. 마트에서 구입한 토마토는 바닥에 떨어져도 탱글탱글 잘도 굴러다니던데. 실상은 농약으로 두껍게 코팅되어서 절대 터지지 않는 거란다. 우리는 여러 개를 터트리고, 변변한 수확도 못했다. 고추는 곧고 길게 잘 자랐다. 지주를 타고 곧게 자란 고추는, 매번 딸 때마다 매운 맛을 더해 신기

했다.

고추 옆에 심어놓은 오이도 잘 자랐다. 이렇게 쑥쑥 자라다가는, 철쭉도 뒤덮고, 찻길로 뻗어나가겠다 싶은 공포감마저 들 정도였다. 넝쿨식물인 오이가 타고 올라갈 수 있는 긴 막대기를 구해야 했는데, 막대기를 구입하는 데까지 쓸데없는 돈을 낭비하고 싶지 않아 지주가 될 수 있는 막대기를 찾아 다녔다. 은하와 봉석, 소영은 영업집에 들어가 멀쩡한 대걸레 자루를 달라고 찔러 보기도 하고, 학교 주변을 돌며 웬만한 막대기들은 모두 눈여겨보며 다니기도 했다. 그렇게 자라난 오이가 노각이 될 때까지, 노란색이 어디까지 올라왔나 목이 빠져라 기다렸다. 노각이 그렇게 맛있다며 누가 먼저 노각이 익자마자 따 가나 암묵적인 경쟁을 했는데, 결국 우리 중에 누가 가져갔는지는 모르겠다. 노각에 눈독 들이던 김철규 교수님께서도 그 맛좋은 노각을 맛도 못 보셨다며 두고두고 누가 가져갔는지 추궁하셨다. 노각이 그렇게 맛있었어? 올해는 꼭 내가 가져가야지.

그렇게 좁은 그루터기텃밭에서 조금씩, 다양한 품종의 작물을 키워냈다.(봉석 어머니는 우리의 소꿉장난 같은 텃밭을 '양념텃밭'이라 칭해주셨다) 청경채를 채종하기도 하고, 짓밟힌

시금치 싹에 분노하기도 하는 등 좁은 땅을 더 작게 작게 나누어 20여 종이 넘는 작물을 길렀다. 그루터기텃밭의 땅은 모래알로 이루어져 정말 척박하다. 하지만 그 어려운 환경에서도 작물은 우리의 노력보다 더 훌륭하게 성장해, 우리에게 큰 감동을 선사했다. 아직도 깊은 곳에는 화염병 조각이 숨어 있지만, 그 민주화의 열기가 작물을 키워준 거 아니냐며 우리끼리 웃었다.

봉석이 도시농부학교를 다니기 시작한 때는, 농사짓는 방법도 모르거니와, 불안불안한 입지에서 일이 엎어질까 두려워하던 '씨앗들'의 초창기였다. 땅도 한 평 없던 당시, 농사를 접한 이 하나 없던 씨앗들은 지푸라기라도 쥐고 있겠다는 심정으로, 도시농부학교를 다닌 봉석의 얄팍한 지식에 의존해 농사를 시작했다. 이렇게 하래, 저렇게 하래 하는 봉석에게 "이렇게 해도 되는 거 아니야?", "그렇게 하면 안 되는 거 아니야?" 하고 '태클' 걸 생각은 티끌만큼도 못했다.

우리가 유기농 농사를 짓게 된 것도 당연했다. 우선 우리가 화학비료에는 무식하기도 했고, 그럴 만한 자본도, 규모의 땅도 없었으니 당연히 화학농법에 대해서는 관심도 없었다. 퇴비 주는 법도 모르고, 물만 주면 화초처럼 자라는 줄 알았는데 뭐. 우리는 나태한 방임농업을 유기농법이라 칭했다. 씨앗만 뿌리고 내버려두면 잘도 자라, 태평하게 기다리기만 하면 되는 걸 대단한 유기농법이라도 되는 것처럼 여긴 것이다.(직업농부 앞에서는 한없이 부끄러워지는 게으른 방식이다.) 도시농부학교 8기인 봉석의 뒤를 이어 지은도 9기로 도시농부학교를 다니며 그 가르침을 충실히 따랐다. 도시농부학교는 귀농운동본부 산하의 교육기관으로 유기농 농사, 토종 작물 농사를 가르치는데, 도시농부학교에서 사사한 봉석의 가르침을 받은 우리는, 즉 도시농부학교, 귀농운동본부의 가르침을 따른 것이나 마찬가지다.

사실 제 먹을거리를 길렀기 때문에 당연히 유기농을 떠올린 것 같기도 하다. 내가 먹을 고추에 예쁘게 농약 발라서 아삭 씹어 먹고, 내가 먹을 샐러드를 농약과 골고루 버무려 맛있게 차려 낼 사람이 어디 있을까? 내가 먹을 거니까 당연히 건강하게 키워내길 원했고, 모든 과정이 깨끗하길 바랐다. 그 깨끗한 과정은, 내 먹을 것에 벌레 한 마리도 꼬이지 않게 하고, 제초제를 뿌려 내 먹을 것만 영양분을 빨아들일 수 있게 한다는 게 아니라 자연의 흙을 묻히고 우리의 가벼운 손길을 거쳐, 내가 믿고 아는 투명한 과정이란 뜻이다.

우리가 키워 팔았다면 그 모양새도 중요했겠지만, 판매대의 탐스러운 과실들과는 달리 작고 연한 우리 작물들은 귀엽기만 했다. 어디 내놓기는 모자라도, 우리 입에 들어가기에는 좋았다. 자연히 환경에 관심을 갖고 있는 친구들이 많았기에 살충제보다는 목초액를 뿌리고, '흙살림'에서 사서 뿌렸던 유기농 퇴비도 나중에는 직접 음식물 쓰레기를 모아 만들었다. 다 자라 거둔 줄기들을 낙엽들과 한데 모아 멀칭도 해주고, 물에 흘려버리던 오줌은 모아 액비로 만드는 등 무엇도 버리거나 낭비하지 않았다.

사실 우리가 먹는 작물들 대부분은 식용 작물들로 그 씨앗은 땅에 심어도 자라지 않는, 불임 종자들이다. 이런 작물들은 '몬산토'라는, 그 매출이 삼성전자와 맞먹는 글로벌 거대기업이 판매하는 씨앗들로 키워진다. 한때 사회에 공포와 혼란을 가져온 이 유전자 조작 식품은 어느새

자연스럽게 일상에 침투해 있는데, 크기도 크고 병충해에
도 튼튼해졌지만, 작물을 제작한 회사의 입맛에 알맞게
조작되어 있기도 하다. 따라서 대부분의 종묘사에서 판매
하는 몬산토의 불임 종자 'F1'을 구매하는 우리나라의 농
민들은 채종을 하여 다음해에 작물을 다시 키워내는 게 불
가능하다. 때문에 매년 씨앗을 구매해야 하고, 구입한 씨앗
과 맞는 자사의 비료와 농약을 사용해야 한다. 제초제와 살
충제의 가격은 씨앗 가격의 열 배가 넘고, 회사는 실질적인
이익을 농약 판매비용에서 얻고 있는 독점구조이다.

　　거대기업에서 판매하는 불임 종자가 아니라, 도시농부
학교에서 받은 토종 종자들은 우리 땅에도 잘 맞고, 채종
도 가능하다. 채종은 농사의 마무리이자 다음 농사를 위
한 준비이기도 하고, 열심히 키운 작물을 먹어 없애는 것
이 아니라 또 다시 뿌리내리게 하는, 작물과의 소중한 인
연이기도 하다. 우리는 상추를 다 따 먹고 꽃대까지 길게
길러, 상추꽃이 진 자리에 맺힌 씨앗들을 조심스럽게 채
종했다. 항상 모든 것을 아낌없이 나눠주던 상추의 고 작
은 씨앗들이, 내년에 또 수백 장의 상추잎을 나눠줄 거라
생각하니 놀랍다. 텃밭을 처음 가꾸는 사람들이 있다면
상추는 꼭 심어보길.(고수들은 시시해서 안 한단다) 한 평 크기

의 땅에 상추만 가득 심어도, 아파트 단지 사람들한테 몽땅 나눠주고도 남는 수북한 상추잎을 수확하는 즐거움을 누릴 수 있고, 토종 종자로 예쁜 상추꽃을 키워 채종하면 다음해에도 별다른 투자 없이 더 많은 상추를 수확할 수 있으니 평생 상추는 안 사 먹어도 된다.

우린 그 좁은 땅에서 수십 가지 작물을 길렀다. 전업농부도 아닌데 이것저것 키워 맛보자는 욕심에서도 그랬지만, 다양한 작물을 키워 흙을 살리자는 좋은 취지도 있었다. 단일 품종을 재배할 경우, 작물들에게 필요한 영양소가 동일하고, 땅에는 해당 영양소가 부족해진다. 기질이 같은 작물들이 모여 있으니 작은 병충해도 쉽게 전염된다. 사실 대규모 농사가 아니어서 심각한 피해가 일어나진 않겠지만, 그 작은 텃밭을 쪼개고 쪼개 다양한 품종을 심으니 매번 할 일과 해당하는 시기가 다양해 더 재미있었다. 동일한 작물을 매년 재배할 경우, 땅의 성질이 변해버릴 수 있으니 3년 간격으로 돌려 짓기를 하는 편이 좋다. 지력을 회복하기 위해 땅콩을 심어주는 것도 좋은 방법이다. 재미있는 텃밭 경작을 원한다면 다양한 작물 재배를 강력하게 추천한다. 다양한 작물에 대한 이해도 넓힐 수 있고, 고추농사는 망했어도, 오이농사는 성공할 수 있는, 현명한 방법이다.

2011년에 들어 같이 농사짓게 된 새로운 친구들이 늘어나자 건강하게 농사짓는 방법에 대한 의견 충돌이 일어났다. 효과적인 화학비료나 비닐멀칭을 지양하는 이유가 무엇인지 알 수 없다는 의견이었다. 뜻이 맞는 사람들끼리 만나 자연스럽게 유기농법을 시작해서 새로운 사람들에게도 당연히 그 방법을 이야기했던 것이다. 서로 의견을 맞춰 나가려 했지만, 결국 우리 농사의 원칙을 세워야 한다는 것을 체감했다. 다른 유기농 텃밭들의 원칙을 참고하여 정한, '씨앗들'의 텃밭농사 운영 원칙은 이렇다.

1. 흙을 살리는 텃밭농사
• 땅을 오염시키는 농약, 제초제, 화학비료, 비닐 등을 사용하지 않습니다.

2. 작물을 살리는 텃밭농사
• 유기제재를 스스로 만들어 병해충을 방제하고, 웃거름으로 건강한 작물을 키웁니다.
• 땅의 효율성을 높이기 위해 작물들을 섞어 심고, 돌려

심는 농사를 짓습니다.

3. 씨앗을 살리는 텃밭농사

- 종자 로열티를 지불하여 판매하는 불임 종자보다는 대대로 이어 심을 수 있는 토종 종자를 우선으로 심습니다.
- 대학텃밭 친구들과 씨앗을 서로 나누며 농사를 짓습니다.

4. 거름을 만드는 텃밭농사

- 퇴비 만들기 교육을 통해 일상적으로 거름을 만듭니다.
- 퇴비에 유용하게 사용되는 오줌, 음식물찌꺼기, 쌀뜨물 등을 집에서 가져옵니다.

5. 배우며 익히는 텃밭농사

- 생각하는 농부가 될 수 있도록 농사를 지으면서 공부를 합니다.
- 농업과 먹을거리를 둘러싼 문제들에 대해 함께 공부합니다.

6. 공동체가 살아 있는 텃밭농사

- 남녀와 나이의 구분이 없는 자유로운 공동체를 만들기 위해 노력합니다.
- 서로를 존중하며 인정해주고 각자의 의견을 자유롭게 표현합니다.

혼자 농사짓는 땅이 아니라면 농사원칙을 세워야 한다는 것을 알게 되었다. 그래야 땅도 살리고, 뜻도 함께할 수 있다. 함께 공부하는 것도 좋은 농사방법이다. 우리는 방학 중에 김철규 교수님과 함께 세미나를 진행하여 '생태도시 아바나', '파머스마켓', '푸드마일리지' 등을 공부했다. 아는 것이 많아지니 하고 싶은 것도 많아지고 해야 할 것도 많이 생겼다. 시켜서 하는 것이 아니라, 스스로 느끼는 간절한 필요성 때문에 일을 벌이게 되니 누가 알아주지 않아도 더 열심히 하게 된다.

사실 여기에 더 주저리주저리 떠들어봤자 소용없다. 그냥 직접 해보면 된다. 농약 안 쓰면 유기농법이 되고, 토종 종자를 쓰면 토종농법이 되고, 도시에서 하면 도시농업이 된다. 과일도 길러 보고, 채소도 길러 보고, 모르면 책도 봐가며 공부하면 된다. 공부하면 아마 더 해보고 싶은 것들이 많아질 것이다. 그럼 사람들에게 나눠줄 작물도, 지식도 많아질 것이다.

여러 사람이 함께 모이면 더 재미있다. 원칙도 세우고 농사계획도 짜면 벌써 스스로가 대단하게 느껴질 것이다. 버리는 쓰레기도 줄어들고, 사야 할 식품도 줄어들 것이

다. 어떻게 농사지어야 하냐고? 그냥 당신 마음대로. 당신
이 먹고 싶은 걸 키우는 게 제일 재미있다.

레알 청춘,
레알 텃밭학교

레알 텃밭학교의

탄생

"우리도 초보 농사꾼이면서 텃밭강좌를 열자고?"

우리의 대답은 어땠을까? "말도 안 되잖아"가 아니고, "그래? 재밌겠다!"였다. "할 일 짱 많겠다. 계획부터 세우자"가 아니고, "신난다! 뒤풀이는 어디서 할까?"였다.

CCP 보고서에 따르면 우리의 경작은 한 학기가 조금 넘는 짧은 프로젝트일 뿐이다. 하지만 프로젝트와 함께 우리의 경작을 끝낸다면 그건 농사의 '농'자도 못 배우고선, 손가락에 흙 한 번 묻혀 보고 거들먹거리는 꼴밖에 안 된다. 우리는 지속성을 고민해야 했다. 그루터기텃밭과 포크밭(인간미 넘치는 이 밭의 이름은 중반에 소개한다. 122쪽 참조)은

우리 소유의 땅이 아니고, 엄연히 고려대학교의 땅을 무단 점거한 모양밖에 못되지 않은가! '대학 졸업과 함께 학교를 떠나게 될 우리가 이 땅을 지킬 수 있을지'는 즐겁다고 노래만 부르는 우리의 유일하고 가장 큰 과제였다.

교양강좌를 만들자. '농사'라는 이름의 1학점 혹은 2학점짜리 'pass or fail'의 강좌를 만든다면 반강제적이지만 학점 때문에라도 우리 땅을 경작해줄 학생들이 생길 거고, 텃밭의 존폐 여부는 걱정할 필요도 없겠다. 그런데 학생인 우리가 어떻게 교양강좌를? 우선 실험적인 성격의 공개강좌를 만들자. 그 과정과 결과를 보고, 정식 강의 개설을 제안해보자. 요즘 애들은 쌀이 나무에서 열린다고 생각한단다. 농대에서도 농사를 가르치지 않는 이 시대를 역행하는, 참신한 강좌를 우리 손으로 만들어보자! 그래, 그럼 콜! 우선 뭐부터 할까. 개강일부터 정하고, 커리큘럼 짜고, 강사님 섭외하고, 포스터도 만들어야지. 홍보는 어떻게 할까? 수강신청은? 강의실은? 경작 실습은 누가 담당하지? 새로운 프로젝트가 시작되었다. 신이 난 우리는 이 모든 사항들을 일사천리로 진행했다. 재미있는 아이디어를 그대로 두지 않고, 어떻게 되든 진짜 저질러 보는 무모함이 우리의 동력이니까.

레알텃밭학교 진행은 도시농부학교 수료생인 봉석과 지은, 그리고 잡무를 맡은 나, 이렇게 불과 3인체제로 이루어졌다.(교양강좌를 제안한 것은 소영이었지만, 그녀는 성공적인 취업으로 슬프게도 '씨앗들' 프로젝트를 함께하기 어렵게 되었다.) 일단 고려대학교 2학기 개강 시즌에 맞춰, 우리의 공개강좌도 9월 9일을 개강일로 11주 완성의 아름다운 커리큘럼으로 짰다. 커리큘럼은 귀농운동본부의 도시농부학교 강좌를 전적으로 참고하여(염치없지만 거의 가져다 쓴 것이나 다름없다), 우리도 잘 몰라 배우고 싶은 강좌를 중점적으로 배치하여 만들었다. 가르쳐주실 분들로 도시농부학교의 강사님들(커리큘럼뿐만 아니라, 강사님도 그대로 모셔왔다)과 김철규 교수님을 모셨고, 실습수업은 야무진 초보 농사꾼 지은이(매주 한 시간씩 담당), 봉석이 전체 진행을 맡았다.

완성된 커리큘럼

제1강 〈도시농업 ABC〉, 안익준 선생님

제2강 〈먹을거리에 닥친 위기〉, 김철규 선생님 + 상자

텃밭 만들기 실습

제3강 〈도시농부 '쌩'기초〉, 노희선 선생님 + 고구마 수

확 실습

제4강 〈좋은 흙, 이상한 흙, 나쁜 흙〉, 박용범 선생님 +

마늘 파종 실습

제5강 〈텃밭 F/W 시즌 작물 배우기〉, 이복자 선생님 +

거름 만들기 실습

제6강 〈불타는 토론회〉 + 열무 수확, 무 솎아주기 실습

제7강 〈도시농부 수학여행〉

제8강 〈텃밭 S/S 시즌 작물 배우기〉 + 시금치 수확 실습

9강 〈'진짜' 맛집을 찾아서〉, 심재훈 선생님

제10강 〈함께하는 김장축제〉 + 배추, 무, 갓 수확 실습

제11강 〈막걸리와 함께하는 수료식〉

강좌의 이름은 무엇으로 정할까? 딱딱하게 '도시농업 포럼'이라든가 '먹을거리 위기, 무엇이 문제인가?' 하는 식의 이름으로는, 농사에 대한 호기심을 유도할 수 없을 것이다. '텃밭학교', '텃밭강좌', '도시농업' 앞에 재미있는 수식어를 붙이자. 블링블링 텃밭학교? 너는 이미 도시농부? 11주 농사 완성? 우리의 끝없는 개드립(순간적인 재치를

뜻하는 '애드립'에 접사 '개'를 넣은 합성어로 쓴웃음을 유발하는 언변)의 향연으로, 강좌명은 며칠이 지나도 결정되지 않았다. 곁다리에 관심이 많은 우리답게, 강좌 이름을 정하는 데 가장 많은 시간과 열정을 투자했다. 결국 봉석과 지은, 내가 최후에 내린 결정은 '레알텃밭학교'. 당시에는 유행어를 갖다 붙였다는 멤버들의 비난을 피할 수 없었지만, 결정한 이상 밀어붙이는 게 상책이다. 인터넷 게임이 아니라 진짜 현실에서 만나, 진짜 땅에서 농사짓는 '레알' 텃밭학교를 만들어보자. 아, 좋다! 레알텃밭학교!

포스터의 모델은 봉석. 밀짚모자에 삽을 메고, '당신은 이미 도시농부'를 외치는 그 얼굴이 수백 장 포스터에 찍혀 나왔다. 각자 학교에 포스터를 붙이고, 웹자보를 몇몇 사이트에 돌리고, 카페에 수강신청 게시판을 만들었다. 사실 우리의 가장 큰 걱정은 무엇보다도 누가 우리의 강좌를 들으러 오겠냐는 것이었다. 우리가 처음 농사를 시작할 때도, 봉석의 부름에 반갑게 달려오는 이가 아무도 없었는데. 과연 이 강좌의 수강생은 몇 명이나 될까? 우리끼리 친구 한 명씩 데려오자. 그럼 적어도 대여섯 명은 될 거 아냐. 그럼 되지 뭐. 우리의 목표는 다섯 명이다. 전공 수

레알 텃밭학교
연락처 010 - 76XX-XXX
2010.
이걸보는 순간
당신은 이미
농부! YO!
도시농부학교

업도 수강생 열 명 미달로 폐강되는 경우가 허다한데. 강제성이 없는 우리 강좌를 누가 찾아와서, 그것도 수업 끝나고 녹초가 되는 5시 반에, '도시농업'에 대한 강좌를 들을 것인가? 기대는 하지 말자. 기대는 절대 금물.

기대를 안 한다고 했지만, 게시판을 만들고 나니 누가 수강신청을 할지 너무나도 궁금해 매일같이 스마트폰에서 로그인을 했다. 그런데 어찌 이런 일이! 매일같이 뜨는 수강신청 새 글! 아, 출석부를 만들던 나는 매일같이 엑셀의 이름을 ㄱ, ㄴ, ㄷ 순으로 재정렬하고, 출석번호를 1, 2, 3에서 50, 51, 52로 길게 늘였다. 수강신청생도 각양각색이다. 사실 고려대, 이대생, 기타의 3파전이었지만, 우리가 직접 포스터를 붙이고 다닌 학교 외에도 다양한 학교의 학생들이 있었고, 수줍어하는 직장인들도 있었다. 아니 이거 무지 해볼 맛 나잖아. 우리 어떡해? 뭐부터 준비해야 돼? 떡이라도 돌려야 되는 거 아냐? 그래. 그럼 떡이라도!

기다리고 기다리던 9월 9일 첫 강의! 연락을 담당했던 나의 휴대폰은 하루 종일 울려대고, 60명에 달하는 수강생에, '씨앗들' 멤버들과 강사님까지 수용할 수 있는 더 큰 강의실로 이동할 수밖에 없었다! 도대체 뭘 믿고 우리를

찾아왔는지. 사랑스러운 수강생들을 보니 도시농업에 대한 학생들의 수요가 이렇게 대단했던 것인가, 감개무량했다. 떡집에서 맞춘 따끈한 떡과 초롱초롱한 눈망울의 수강생들이 함께한 첫 강의는 그렇게 설렘으로 달아올랐다. 첫 강의를 맡아주신 안익준 선생님께서도 청춘들의 열렬한 관심에 감동하시고 훈훈한 열강을 펼쳐주셨다.

농사엔 여자들만 관심 있는 거야? 5:1의 성비로 압도적인 여성들의 지지를 받았다.(씨앗들의 성비와도 매우 흡사했다) 강좌가 끝나고는, 뒤풀이에 떼거리로 몰려가 의기투합하여 "으샤으샤"를 외쳐댄다.

첫 강의를 끝낸 우리는 두근두근한 마음으로 어쩔 줄 몰랐다. 우리와 뜻을 함께하는 청춘들이 이렇게나 많다니. 수십 명 학생들 앞에, 실습강의 선생님으로 선 지은과 떨리는 자기소개로 진행을 시작했던 봉석뿐만 아니라 지켜보는 나도, 다른 강사님들의 강의도 적극적으로 수강해주신 김철규 교수님도, 다른 '씨앗들' 멤버들도 절로 신이 났고, 배추 한 트럭 수확한 것보다 더 마음이 풍족했다. 이 사람들은 우리와 함께할 작은 씨앗들이다. 이 사람들이 각자 조그만 텃밭을 가꾼다면 이 삭막한 도시에 50, 60개

의 새로운 텃밭이 생겨난다. 그렇게 작은 텃밭들이 모인
다면 우리의 텃밭보다 수십 배는 넓고, 아름다울 것만 같
았다.

도시텃밭꾼과 작물은 애정을 먹고 자란다

좁은 골목길에 쌈채소들이 작은 상자에 심겨 있는 모습을 본 적이 있는가? 주택가 빈틈에, 아파트 화단 근처에, 상자를 놓고 할머니들이 조물조물 키우시는 그것을 상자텃밭이라 한다. 도시농업이라는 말을 쓰는 사람도 많진 않겠지만, 그래도 우리나라의 현실적인 도시농업을 이야기할 때 가장 쉽게 떠올릴 수 있는 게 이 상자텃밭일 것이다. 대한민국 도시의 땅값이 워낙 비싸, 그 비싼 땅에 직접 농사를 짓는 배짱 있는 누군가를 본 적이 아직 없다. 아파트 베란다나 옥상, 좁은 화단에, 아니면 우리처럼 노지에 겨우 깨작깨작 도시농업이란 걸 하고 있는 정도이다. 주말농장

이나 도시 근교에서 농사를 짓는 사람들도 있지만, 접근
성이 떨어져 불타는 열의를 지닌 누군가가 아닌 이상, 왕
복 두 시간 이상을 소요하며 농사를 짓기가 쉽지 않다.

그래서 선택하게 되는 것이 상자텃밭이다. 상자텃밭은
깊이가 깊지 않아 뿌리가 깊게 자라는 작물을 심긴 어렵
지만, 쌈채소나 열매식물 등을 심으면 그 이동성 덕분에
키우기가 좋다. 집 안에 들여놓고 키워도 좋고, 여러 개를
마련해 작은 밭처럼 만들 수도 있다.(옥상에 흙을 퍼부어 옥상
을 깊은 밭으로 만들면 좋겠지만, 그건 개인적인 옥상이 있을 때의 이
야기이다.) 상자텃밭은 볕도 잘 들고, 바람도 잘 불고, 배수
도 잘되는 곳에 놓아야 하는데, 뭐 그런 거 따지지 않아
도, 난초나 애완동물보다 관심을 덜 주어도 아기자기하
게 키울 수 있다. 상자텃밭을 시작하게 되면 그 작은 보람
에 본격 농사를 시작하고픈 마음이 드는 경우가 많다. 따
라서 처음부터 노지를 찾아 농사짓길 권유하기보다 상자
텃밭을 나눠주고 농사의 즐거움을 조금 맛보게 도와주는
것이 더 쉽고 재미있게 농사를 알려주고 전파하는 좋은
방법이다.

우리는 레알텃밭학교의 수강생들이 좁은 그루터기텃

밭에서 옹기종기 실습하는 것뿐 아니라 각자의 집에서 작은 텃밭을 가꾸길 바랐다. 그루터기텃밭에서 함께 가꾼 작물들은 수강생들 모두가 이용할 수 있지만, 자신이 키운 자신만의 작물이 있다는 것이 더 효과적인 실습 방법이 될 수 있다. 2주차가 되는 강의 커리큘럼에 상자텃밭 만들기를 넣어, 학생들과 상자텃밭을 함께 만들고 각자 집으로 가져가는 시간을 계획했다. 상자텃밭용 상자로는, 시장에서 얼음과 생선을 넣어 파는, 흰 스티로폼 상자가 보온이 잘되어 가장 적합하다. 하지만 막상 스티로폼 상자를 구하려면 주위에 따로 없어 수강생들에게 각자 찾아보길 권하고, 준비하지 못한 수강생들에겐 우리가 '서울그린트러스트(도시환경을 개선하기 위한 공익재단)'를 통해 구입해서 나눠주기로 했다. 플라스틱 상자와 흙, 퇴비까지 한 세트로 2,000원이면 구입할 수 있는데, 한 푼이 아쉬운 우리는 100세트의 대가로 봉사활동을 하기로 하고 상자텃밭 배분 행사에 출동했다.

더운 늦여름, 서울숲에서 개최된 '녹색시민 한마당'의 코너로 그린트러스트 상자텃밭 나눠주기 행사가 열렸다. 봉석, 은하, 지은, 수웅, 선미와 오전부터 모여 모종을 쪼개고 흙을 나르는 등의 준비를 하고, 부스를 찾아온 사람들에게 상자텃밭 두 세트씩을 나눠주는 역할을 했다. 배추 모종을 심는 좁고 깊은 상자와 다양한 모종을 심을 수 있는 넓고 얕은 상자, 흙 한 포대, 퇴비 두 봉지, 배추, 상추, 갓, 쪽파 모종까지가 상자텃밭 두 세트. 행사가 시작되자 더운 날씨에도 많은 호응으로 상자텃밭 900여 개가 순식간에 나갔다. 20킬로그램에 육박하는 상자를 옮기느라 불려 다니고, 뛰어다니느라 모두들 정신이 없었다.

아쉬운 이야기를 하자면 '공짜'라 탈이 많다. 공짜이다 보니, 너도나도 달려와 스스로 감당하지 못하는 무게의 상자텃밭을 받아간다. 한 번 가져다 두고, 다시 찾아와 또 받아간다. 그렇게 수차례 다녀간 아주머니들은 당연히 혼자 수십 킬로그램의 상자들을 나를 수가 없다. 리어카를 가지고 여기저기서 실랑이다. 누가 먼저 써야 되는지 큰 소리로 싸운다. 자원봉사자들이 나르는 것을 조금이라도 도와주면 누구만 도와준다고 화를 낸다. 더 튼튼한 모종으로 바꿔달라고, 몇 개만 더 달라고 떼를 쓰고, 누구 것이 더 좋다고 기분 나빠 한다. 심지어 택배로 보내달라고 요구하기도 한다. 익숙하지 못한 상황에 진땀이 났다.

행사가 끝나고 한참 후에도 여기저기 상자텃밭 여러 개를 챙기느라 고군분투하는 사람들이 눈에 띄었다. 공짜라고 많이 가져가는 게 좋은 건 아닌데. 가져가 놓고 구석에 쌓아 두는 건 아닌지 걱정된다. 탄소 발생량을 줄이기 위해 걸어오거나 자전거를 타고 오도록 장려한 행사였는데, 무거운 상자텃밭들은 차를 가져와야 겨우 운반할 수 있었다. 집에서 자가용을 부르고, 택시를 붙잡아 트렁크에 상자를 싣는 모습들을 보니 마음이 안 좋았다. 행사를 마치고는 우리가 가져갈 상자텃밭을 챙기는 일이 남았다. 하루 종일 힘썼는데 학교까지 100세트를 옮겨야 하다니 고된 노동에 쓰러질 듯했다. 까만 밤이 돼서야 겨우 학교까지 100세트를 날랐다.

신고 온 트럭에서 그루터기텃밭이 얼마나 먼지, 우리는 각자 매고 갈 힘도 없다. 응원단 앞의 계단을 내려가 평지를 지나고 또 다시 계단을 내려가야 한다. 100미터쯤되는 그 짧은 거리가 얼마나 길게 느껴지는지, 우리는 구역을 정해 첫 번째 계단에서 지은과 내가 비료포대를 들어다 내려와서 봉석의 어깨에 들려주고 봉석이 평지를 가로질러 수웅에게 다시 들려 계단을 내려가게 하는, 분업을 하면서 겨우 날랐다. 100세트를 나르고 나니 온몸에선 똥 냄새와 땀 냄새가 났다. 너, 나 할 것 없이 모두에게서 냄새가 진동하다 보니 정작 자신에게서 똥 냄새 난단 생각도 못하고, 학교 앞에서 국수 한 그릇 사 먹은 뒤 그렇게 꼬질꼬질한 상태로 집에 돌아갔다. 다음 날 뭉친 어깨가 두 배로 부풀어 올랐다면 열심히 일한 거 맞겠지?

꼬박 하루의 노동력을 제공하고 얻어 온 상자텃밭을 나눠주는, 레알텃밭학교 수업 날. 보람차게도 가장 많은 사람들이 찾아왔다. 스티로폼 상자를 직접 가져온 학생들도 많았다. 지은은 목청을 높여 수업을 한다. 상자에 종이를 깔고 배양토를 담고, 모종을 심는 손길이 조심스럽다. 수강생들은 서로 도와가며 예쁘게 모종을 심었다. 상추와 갓, 쪽파 모종을 심고 상추씨도 더 나눠주었

다. 수강생들은 자신들만의 텃밭을 만든 것이 좋았나 보다. 상자텃밭을 만들기만 하고 무거워서 두고 갈 것 같아, 두고 간 것은 우리가 그루터기텃밭 한쪽에 두고 키우려 했는데 모두가 남김없이 가져간 것이다. 상자텃밭을 그루터기텃밭에 모아 두고 뒤풀이를 갔는데, 끝나고 하나둘

씩 학교로 다시 돌아와 그 무거운 상자텃밭을 들고 버스를 타고, 지하철을 타고 집까지 돌아갔을 모습을 떠올리니 참 대견하다. 낑낑대며 메고, 이고 간 상자텃밭들은 어떻게 되었을까?

카페에 가끔씩 상자텃밭 경작일지가 올라온다. 우리도 귀찮아 듬성듬성 경작일지를 쓸 때가 많은데, 귀찮을 텐데도 귀여운 사진과 함께 경작일지를 올려준 정성이 고맙다. 사무실에 둔, 집 안 베란다에 둔 상자텃밭 사진들이 올라온다. '잎이 노랗게 변했어요. 혹시 죽은 건가요?' 하고 걱정스럽게 묻는 글도 있고, '드디어 상추를 뜯어 먹었답니다, 맛있어요!' 하고 자랑하는 글도 올라온다. 건강하지 못한 모종을 가져가 경작에 실패하고, 농사에 흥미를 아예 잃어버리신 분도 생겼을까봐 걱정되기도 하지만, 열심히 키운 작물이 쑥쑥 자랐다면 농사에 대한 애정이 샘솟을 수밖에 없었을 것이다. 우리가 준비한 모종들이 맛있고 튼튼한 채소로 자라나 모두의 식탁을 건강하게 만들어주면 참 좋겠다.

한밤중
유치원에서 벌어진

김장파티

김장하자! 실제로 우리 중에 김장할 줄 아는 사람은 아무도 없었다. 그런데도 걱정하는 사람이 아무도 없다니 정말 뻔뻔하다. 할 줄도 모르는 김장을 하겠다며 CCP 기획서에 적어 내고, 레알텃밭학교 커리큘럼에 '김장파티'를 넣은 데다, 파머스마켓 때 김장 시식 코너도 계획했다. 어찌 매번 이리 무모할 수 있는지. 김장 수업이 다가오기 전까지도 천하태평이었다. 그냥 배추 절이고 속 만들어서 사이사이 넣어주면 되는 거 아닌가? 집에서 매년 보아온 광경인데, 그쯤이야 요리 잘하는 은하 님과 지은 님이 계신데 뭐가 어렵겠어. 난 굿이나 보고 떡이나 먹자는 심정

으로, 해보자고!

포크밭과 그루터기텃밭의 가을 작물들은 진작부터 김장용으로 심어 놓았다. 하지만 비극적이게도, 애지중지 키워온 자식 같은 포크밭의 무들은 알 수 없는 누군가의 손에 잔인하게 서리당해 사라지고 없다. 가진 것 없이 맨손으로 키워낸 우리 무들을 훔쳐간 그 사람은, 분명 파출소 현상수배범 사진에나 나올 법한 포스의 나쁜 놈이리라 원망하는 것으로 대신할 수밖에 없었다.(이 끔찍한 사건에 대한 한풀이는 뒤에 상세히 소개한다. 132쪽 참조.) 게다가 배추들은 속이 찬다는 '결구'의 기적을 아직 보여주지 않았고, 그 양도 김장이라 부르기에도 민망한 규모였다. 하지만 우리의 해결사 지은은 대장농장에서 모자라는 배추들을 지원받아 왔다. 나머지 양념 재료들은 '한살림' 매장에서 구입하는 것으로, 급박하게 재료 준비를 마쳤다.

김장은 어디서 하나? 학교 식당을 빌려볼까? 주위 절이나 양로원을 알아봤지만, 우리가 원하는 날짜에 고무대야나 수도까지 포함된 부엌을 마음대로 사용할 수 있게 협조해주는 마땅한 곳은 없었다. 그런데 뜻이 있는 곳에 길이 있나니, 레알텃밭학교 뒤풀이 자리에서 우리의 푸념을 들은 수강생 김현옥 선생님께서 근무하시는 유치원의 조리실을 사용할 수 있을 것 같다고 하신다. 왜 매번 우리는 이렇게 일이 잘 풀리지? 말 그대로 승승장구네. 이러니까 우리가 치밀하게 일을 안 하나봐, 어떻게든 결국엔 되니까.

때마침 〈시사IN〉의 인터뷰가 있어 사진기자님, 자원봉사를 온 고려대 가치투자 동아리 SIFE팀, 레알텃밭학교 수강생들, '씨앗들'이 모여 포크밭 작물을 수확하러 올라갔다. 배추의 벌어진 잎사귀들을 노끈으로 묶어뒀는데, 장하게도 속이 차 있었다! 지면에 하얀 몸을 살짝 드러낸 열무들은, 마음으로 그 크기를 상상하고 뽑았는데, 어이쿠, 그 드러낸 하얀 몸이 전부였다. 손바닥 안에 들어오는 작은 무들. 하지만 우리는 그마저 귀엽다고 좋아했다. 그 넓었던 밭에서 심었던 모든 작물을 뽑아내려니 아쉬운 마음도 들었지만, 열심히 가꿔온 무, 배추, 알무, 갓, 쪽파를 수확하는 보람이라니! 우리 눈엔 마트에서 파는 것처럼 그럴듯해 보였다.

포크밭에서 수확한 작물을 줄로 묶어 어깨에 들쳐 메고 셔틀버스를 타는데, 버스의 학생들이 생소한 광경을

휘둥그레 쳐다본다. 남들은 단체 행상으로 오해했겠지만, 우린 예쁜 애완견 끌고 산책할 때의 그 자신감처럼, 키운 작물들의 모습을 선보이게 되자 괜히 의기양양하다. 버스에서 내려 메고 온 작물들을 상자를 주어다 꾸역꾸역 담고, 지하철로 갈아탔다. 목적지가 멀고 먼, 서초동의 영어유치원이었기 때문이다! 강남까지 원정 김장을 담그러 가는 마음은 참 이상도 했다. 이런 경험 누가 해봤을라나.

도착한 강남 영어유치원의 위엄에 우리는 긴장했다. 신발을 벗어 신발장에 넣고, 조심스럽게 들어간 유치원은 너무나 깨끗하다. 우리가 묻혀 온 흙으로 더럽혀질까 두려울 지경이다. 깜찍한 아이들의 교구와 시설을 보니 절로 탄성이 나왔다. 우리가 이런 곳에서 김장을? 직접 보니까 더욱 느낌이 이상하다. 그러나 이질적인 그 위엄과는 달리, 유치원의 교직원 분들은 비루한 우리를 너무나 따뜻하게 맞아주신다.

작물을 꺼내 다듬는데 배추에 벌레가 드글드글하다. 대장농장에서 가져온 튼실한 작물들과 우리 텃밭에서 키운 작물들은 한눈에도 확연하게 크기가 차이난다. 열심히 씻고 절이는 동안, 요정들이 살 것 같은 작은 교실에 들어가 작은 의자에서 샌드위치를 먹었다. 우리 지금 뭐하는 거지? 정말 모든 게 의심스러운 낯선 환경이다. 우리의 실습대장 지은은 김장을 준비하려고, 전날 피곤한 엄마를 깨워 김장하는 법을 속성으로 전수받아 왔다. 하지만 막상 쓱쓱 버무려 완성하던 엄마의 가르침을 흉내 내려니 잘 안 된다. 잘 모르겠다. 어떻게 하지?

양념을 만들려고 사 온 재료들은 그 양을 몰라 너무 많이 사 왔다. 얼마나 넣어야 하지? 대충 이만큼 넣어볼까? 유치원 부엌을 우당탕탕 사용하는 우리가 심히 걱정되신 원장선생님이 오셔서 이것저것 조언을 해주신다. 그러다 양념을 만드는 어설픈 우리의 모습에 참지 못하시고, 두 팔을 걷어붙이고 나서신다. 우리는 원장선생님의 손길에 넋을 놓고 그저 지켜보았다. "나도 김장한 지 너무 오래돼서 맛은 보장 못한다?" 하시며 쓱쓱 버무려주신 양념장은 너무 맛있다! 못 먹는 김장을 할 뻔했는데, 이렇게 따듯한 구원의 손길을 받을 수 있다니!

배추를 제대로 절일 줄 몰라, 이게 절여진 건지 아닌지 모르겠다.

"절여진 거야? 아니야?"

"먹어봐. 괜찮은 거 같은데?"

나를
김장 총괄자로
불러다옹

“으웩, 완전 짜!”

“물에 씻어 먹어봤어야지!”

정말 되는 대로 하고 있는 우리. 하지만 양념에 버무리니 맛이 너무 그럴듯하다! 맛있다! 우리가 키운 작물이라 그런가? 왜 이렇게 달고 아삭해? 그렇게 절여놓고 맛보고, 간 된 건지 맛보고, 맛있어서 주워 먹으니 나중에 몇몇은 속이 쓰리다고 했다.

완성한 김치를 준비해온 통에 나눠 담그고 보니 하루 종일 힘들게 나른 배추들이 작아져 있었다. 밭에 심었던 우리 배추와 무가 김치로 변한 것이다. 대견하다. 하지만 우린 꼬박 하루의 노동으로 집까지 돌아갈 힘도 없는 상황. 이 김치들을 학교까지 이고 가다가 장렬하게 전사할 것만 같다. 그런데 천사 같은 유치원 원장님께서 두고 가라고, 내일 ‘퀵서비스’로 학교까지 보내주겠다고 하신다. 아니 우리한테 왜 이렇게 잘해주시는 거예요? 몸 둘 바를 몰랐다. 하지만 너무 힘들었으므로, 뻔뻔하지만 사양하지 않고, 밤 11시가 다 돼서야 유치원을 나왔다.

같이 일한 사람들과 걷는 밤길이, 힘들어 무감각한 몸뚱이와 어울려 날아가는 것처럼 느껴졌다. 학교 친구들은 도서관에서 밤늦게까지 전공 공부를 하고 있겠지만, 우리

는 밤늦게까지 김장을 했다! 우리 진짜 이상해! 근데 진짜 재밌어!

다음 날 다시 맛 본 김치의 맛은, 거짓말 안 하고 정말 '감동'이었다. 시식용으로 내놓은 김치를 사 가려는 분도 있어 기꺼이 팔기까지 했다. 유치원 선생님들께서는 김치뿐 아니라 편지와 간식까지 보내주셨다. 우리 때문에 밤늦게까지 유치원에 남아 계시느라 힘드셨을 텐데, 이런 감동까지. 아무것도 해드릴 게 없는 우리를 이렇게 도와주는 사람이 많다니.(이 자리를 빌려 김장에 참여해주신 모든 분들께 진심으로 감사의 말씀을 드립니다.) 우리의 김장 파티는 이렇게 성공적으로 끝났다.

각자가 나눠 가진 김치들은, 식구들의 기대를 뛰어넘는 수준이었다. 냉장고 한 칸에 고이 넣어두고 조금씩 아껴 먹었다. 맛있는 김치 덕에 봉석은 끊었던 라면을 다시 잡는 악영향까지 받았다. 우리가 맛깔스럽게 만들어냈다기보다 애정으로 키운 배추가 달콤한 맛을 한껏 품고 자라나 이렇게 맛있는 김치가 된 것 같다. 지은은 올 가을에는 마늘도 잘 수확해 보관하고, 생강도 좀 심고, 홍고추도 예쁘게 익혀 100% 자급하는 김치를 만들고 싶다고 했다. 새우젓은? 우리 새우도 잡으러 갈까?(지금까지의 우리 업적을 봤을 때 진짜 즉흥적으로 잡으러 갈, 무시할 수 없는 가능성이 있긴 하다) 그럼 새우젓은 빼더라도, 99%는 자급하는 진짜 맛있는 김치를 올해도 만들어 먹어보자, 하하하! (재밌겠다!)

레알텃밭학교 첫 수업을 찾아준 50명이 넘는 그 사람들
은 다 어디로 갔을까? 마지막 수업엔 간신히 열 명의 수강
생만이 남았다. 북적대던 강의실이 덩그러니 비어 있다.
나도 사실 수십만 원짜리 토플학원을 등록해놓고 처음 몇
주만 열심히 나가다가 금방 시들해져선 한두 번 빠지고,
결국 '너무 많이 빠져버려 따라잡지 못할 만큼 진도가 나
갔겠군, 이번 강좌는 포기하고 다음부터 열심히 잘하자'며
내 마음대로 편하게 마음먹고 다시는 얼굴을 비추지 않았
던 적이 많지 않았던가. 그런데도 사라져버린 40명에게
섭섭한 마음이 드는 건 내가 지나치게 이기적인 건가?

우리는 개강 날 굳이 수강료 1만 원을 챙겨 받았는데, 그 이유는 수강료를 모아 강사료를 댄다거나 우리가 챙기려던 게 아니라 돈이 아까워서라도 끝까지 나와줬으면 하는 얄팍한 계산 때문이었다. 걷은 수강료는 첫날 뒤풀이 비로 전부 써버렸는데, 결과적으로 괜한 짓을 한 꼴이 되었다. 수십만 원짜리 헬스클럽에 등록해놓고도 안 가게 되는 판에, 고작 1만 원으로 구속력을 얻으려 했다니 꿈이 너무 컸다는 것은 인정하지 않을 수 없다.

어쨌든 쓸쓸한 강의실에서 우리는, 마지막 수업을 했다기보단 서로 감회를 나누고 이런저런 잡담을 나누었다. 문방구에서 상장지를 사다가 근처 인쇄소에서 '사서고생상', '공로상', '오줌상' 등 재미있는 문구를 인쇄해 나름의 수료식을 거행했다. 상장과 함께 부상으로는 「텃밭 매뉴얼」과 예쁘게 리본으로 묶은 호미를 주었다.

막상 그때에는 끝까지 함께하지 못한 수강생들에게 섭섭했는데, 지금 와서 생각해보니 마지막까지 남은 수강생들이 얼마나 대단한지 충분히 격려하고 고마워하지 못한 것 같다. 친언니 삼고 싶은, 수강생 정실(가명) 언니는 법대생 신분이 의심될 정도로 강의에 꼬박꼬박 나왔다. 고려

대에 생협 만들기를 시도했던 수강생 담묵(가명) 씨는 이런저런 일을 거들어주고, 살롱드은하(이곳은 나중에 자세히 소개한다. 263쪽 참조.)에까지 데려가 함께 밥을 해 먹기도 했다. 예쁘게 가꾼 상자텃밭 경작일지를 카페에 올려주신 닉네임 '안녕토마토', 수강생 소다(가명) 씨. 수강생 성민(가명) 씨에겐 저학번에 남자 고대생이라는 이유로 우리 눈독에 들어 함께 농사짓자고 무지하게 '작업'을 해댔다. 관악부 활동에 약학대학원을 준비하는 중이라 우리 프러포즈를 고사했지만, 관악부 앞에 농기구를 넣을 수 있는 캐비닛을 뇌주기도 했다.(훈훈하다.) 이 밖에도 개성 넘치는 수강생들이 많았는데, 바람만큼 깊은 유대까지는 맺지 못했다. 우리가 좀 더 개인적으로 다가갔어야 했는데, 처음 겪는 일이다 보니 우리에게 먼저 다가와주셨던 분들하고만 가까이 지냈던 듯싶다.

뒤풀이만 매일같이 한다고 친해지는 게 아니었다. 전공수업 같이 듣는 학과 친구들하고도 특정한 계기가 없으면 서로 얼굴은 알면서도 친해지지 못하면서, 수강생들한테는 적극적으로 친해지길 기대했다니! 그래도 수강생들 중 몇 분하고는 지금까지도 연락을 하며 함께 농사짓고 있다는 사실이 그나마 조금 위안이 된다.

어쨌든 우리는 많이 반성했고, 많이 달라져야 한다. 레알텃밭학교를 또다시 열고 싶다. 그러기 위해서는 더 많이 노력하고 바뀌어야 한다. 사실 첫 강의 때 열화와 같은 성원 앞에서 긴장이 빵 터지고 녹아내렸다. 레알텃밭학교가 조금씩 알려지자 여기저기에서 연락이 오기 시작했다. 등록되지 않은 번호들로 휴대폰에 전화가 빗발쳤다. 레알텃밭학교에 대한 문의가 대부분이었지만, 그중에는 언론사의 취재 요청도 간간히 있었다. 우리에 대한 관심은 더없이 기뻤으므로 기꺼이 취재에 응했다. 처음에는 사보의 짧은 인터뷰로 시작해 학내 언론, 온라인신문, 일간지, 케이블TV, 주간지에도 '씨앗들'의 이야기가 담겼다. 다큐멘터리에 출연하기도 했고, 생방송뉴스와 라디오까지 나가게 되는 등 우리는 굉장히 바빠졌다. '우리 연예인이라도 되는 건가?' 하는 생각이 들 정도로 많은 관심을 받아버렸다.

처음엔 강좌 홍보고 되고, 도시농업도 장려할 수 있어 모든 인터뷰에 응하고 기꺼이 참여했지만, 나중에는 글쎄, 우선 같은 학교에 다니는 것도 아닌 우리가 매번 인터뷰

때문에 모여야 하는 것도 번거로웠고, 인터뷰 내용도 천편일률적이었다. 여기서 한 이야기를 저기서 하고, 은하가 한 이야기를 지은이 하고, 선미가 한 이야기를 봉석이 하다 보니 이 생각이 누구의 생각이었던 건지, 우리의 생각이 하나로 합쳐져 똑같아져버렸나 싶었다. 똑같은 이야기를 매번 하는 것도 피곤하다.

텔레비전 출연은 더 힘들다. 수십 시간 찍어서 몇 분 방송되는 데다가, 어떤 프로그램은 대본까지 들고 우리를 찾아왔다. "삽질하는 모습 보여주세요", "작물 캐는 모습 촬영하겠습니다" 하는데 우리가 학생인지 연기잔지 구분이 안 갈 정도다. "이거 설정이에요? 그럼 왜 우리가 해야 되죠?" 정말 알 수 없는 상황. 거기다가 잘못된 내용도 많이 보도되었는데, 그럴 때마다 우리가 뭐라고 정정보도를 요청하는 것이 민망했다. 내 이름이 윤지가 아니라 은지로 나온다고, 누가 관심이나 있겠어? 그냥 내버려둬. 그런데 어느 잡지에서 실린 그루터기텃밭 사진이 '화정체육관 뒤 포크밭'으로 인쇄되어 나왔는데,(그건 뭐 워낙 뿌옇게 나와 나도 잘 모르고 있었다) 누군가 잡지사로 전화를 해 자기가 고려대 학생인데, 그곳은 화정체육관 뒤가 아니라며 제보

했다고 한다.

그런데다 매체에 노출되다 보니 A를 보고 B에서 찾아오고, B를 보고 C에서 찾아왔다. 우리가 뭐 대단한 사건이 있는 것도 아니고, 비슷한 나날들의 반복이다 보니 똑같은 내용이 A, B, C에 나오게 되었다. 요즘 텃밭 가꾸기가 유행이긴 한가봐. 그런데 단지 유행이라고 신속 보도하려는 매체들의 태도는 참 마땅치 않았다. 우리가 마치 도시 농업의 아이콘처럼 취급되는 건 어떤 면에서 재미있는 일이지만, 아이템에 대해 조금도 조사하지 않고 막무가내로 취재 요청을 하는 사람들도 있다. 한겨울에 전화를 해 작물을 촬영하고 싶다거나("저희는 비닐하우스에서 작물을 키우는 게 아니에요."), 밤늦은 시간에 전화해 당장 다음 날 촬영하고, 그다음 날 생방송으로 영상이 나가야 한다는("저희가 잉여들이긴 해도, 시간이 아무 때나 되는 건 아니에요.") 이야기도 있었다.

이야기가 딴 데로 샜는데, 하여튼 레알텃밭학교 덕에 우리는 많이 유명해졌다. 그래서 정작 레알텃밭학교 운영에 많이 소홀해진 것도 사실이다. 매번 도시농부학교 강사님이 와주신 것은 아닌데, 우리가 직접 강의하는 날에는 수강생의 수가 현격이 줄어들었고(오고 싶지 않을 만도 할 것이다), 매번 의례적인 뒤풀이에 우리가 먼저 지치기도 했다.

'도시농부 수학여행'이라는 나름 귀여운 타이틀의 워크샵 때는, 수강생도 줄어들고 덩달아 우리 의욕도 줄어들어 대충 지은이네 주말농장에 찾아가 일하는 것으로 대체하게 되었는데, 새벽같이 떠나야 했던 그날, 늦잠을 자버려 정작 나나 봉석도 불참을 하게 되었다. 지은과 은하가 수강생 몇을 이끌고 재미있게 일을 하고 돌아와 그나마 다행이었지만, 굉장히 죄송한 일이었다. 우리가 나태해졌다는 치명적인 증거가 아닐 수 없다.

여기까지 이야기하니 내가 뭘 잘했다고 수강생들에게 섭섭하다고 할 수 있는 것일까? '문턱 없는 밥집'에 찾아가서 밥 한 끼 먹는 걸로 수업을 대체했던 것도 부실했던 것 같고, 다큐멘터리 감상하고 토론하는 수업 때는 토론 분위기가 형성되지 않아 어설프게 감상만 말하다 끝나기도 했다. 도시농부학교 커리큘럼을 따 온 부분에서만 환영을 받았지, 결과적으로 여러 모로 부족한 수업이었다.

학교에서 유명인사 초청 강좌를 하는 데에도, 연예인

이 오면 대형 강의실이 차고 넘치는 기현상이 벌어지고, 마이너한 정치인이나 저널리스트가 오면 강의실이 텅텅 빈다. 학생회나 학과에서 겨우 학생들을 동원해, 앞에 네다섯 줄을 채우는 정도. 그런데 말도 안 되는, 허술한 우리의 강의에 찾아와준 수강생들이 그렇게 많았다니! 유명인사 얼굴이 박힌 포스터도 무관심하게 지나쳐버리는데, 봉석의 얼굴이 찍힌 그 포스터를 보고('잘생겨서'라고 생각했던 특이한 사람도 있으려나?) 멀리까지 찾아와준 사람들이 있었다. 다른 특강들은 참석하면 간식이나 기념품을 챙겨 주기도 하는데, 돈까지 내고 참가해준 그 열정들이 대단하다. 그 작은 의지를 행동으로 옮기도록 도와주는 것이 우리의 중대한 역할인 것 같다.

한 학기가 끝났다. 수료생과 '바이바이' 했지만, 이걸로 진짜 끝이야? 우리 이제 더 이상 안 보는 사이인 거야? 아쉽고 섭섭했지만, 금방 농한기가 찾아왔고, 우리는 각자의 집으로 돌아가 겨울을 보냈다.(방학이었다.) 농사, 파머스마켓, 레알텃밭학교 모두 잊어버리고, 따뜻한 장판 구석에 드러누워 겨울잠을 잤다. 눅눅한 천장에는 가끔 텃밭의 풍경이 흐릿하게 나타나고, 짧은 꿈속에선 잊힌 사람들이

가끔씩 우스꽝스럽게 등장했다. 그렇게 우리의 첫 번째
레알텃밭학교는 끝이 났다.

초보텃밭꾼들, '프로농사꾼'들을 만나다

레알텃밭학교의 커리큘럼으로, 올봄엔 손바닥만 한 대학 텃밭을 벗어나 '레알' 농사 실습에 착수하기로 했다. 본격적인 농사 실습답게, 충북 괴산군의 눈비산마을에서 진행하는 1박2일의 '빡쎈' 실습 코스를 짰다. 워크샵을 열흘쯤 앞두고, 봉석이 혈혈단신으로 답사를 다녀오는 것으로 준비가 시작되었다. 그는 나물처럼 땅에서 자라는 줄 알았던 두릅을 두릅나무에서 잔뜩 따 와서는 "먹을거리에 마음 채울 거리까지 받아왔다"는 등 오그라드는 감상과 함께 워크샵에 대한 강한 기대감을 드러냈다.

먼저 카페에서 선착순 20명의 참가신청을 받았다. 농진청의 워크샵 지원금으로 진행할 수 있어 참가비를 받지 않아도 되니 부담 없이 참가할 수 있는 참 좋은(!) 기획이었다. 레알텃밭학교 수강생들뿐만 아니라 누구나 참가 신청을 할 수 있게 해서 수강생들은 각자 친한 친구들도 데려왔다. 5월의 따뜻한 주말, 하늘은 비가 올 듯 흐릿했지만, 여행을 떠나는 들뜬 기분으로 신촌 로터리에 20여 명의 친구들이 모였다. 눈비산마을까지 대중교통을 이용하는 것이 불편해 대절한 전세버스로 즐겁게 출발!

도착하니 점심때가 되어, 사회적 기업에 미리 주문해 둔 유기농 도시락을 다 같이 먹었다. 계란말이와 오이김치가 있는 소박한 도시락도 멀리까지 가져와 먹으니까 꿀맛이다. 식사 후엔 드디어 본격 귀농체험에 돌입했다. 우리에게 부여된 임무는 고구마 심기와 김매기. 고구마는 학교텃밭에 기껏해야 20단씩 심어본 게 다였는데, 3000단을 심으라는 명을 받았다. 작은 언덕 모양으로 쌓여 있는 고구마 줄기. 잘해낼 수 있을 거야! 그런데 곧 비가 온다. 허나 농사는 비가 온다고 쉬는 게 아니기에, 다 같이 하얀 우비에 장화까지 빌려 장착하고 농사에 돌입했다.

흰 스머프들 같은 모양새로 땅에 쪼그리고 앉아 깨작거리는 모습을 보고 있자니 웃음이 나온다.

빗소리에 파묻혀 서로 대화도 않고 묵묵히 작업을 한다. 다들 무슨 생각을 했는지 모르겠다. 벌레와 교감하며 명상에 잠겼을지도, 집에 가고 싶어 엄마 생각을 했을지도. 그렇게 각자 열심히 일했는데, 심은 고구마들이 참으로 부실했나 보다. 너무 얕게 심어서 그런지, 지나다가 손으로 살짝 잡아당기니 쑥쑥 뽑힌다. 귀농자 분들이 우리의 작품을 보고 "이거 다 다시 심어야겠네" 하시는데, 정말 우리 여기 왜 온 건지, 일거리만 늘려드리러 온 것 같다. '그래도 조금이라도 도움이 됐을 거야', '말씀만 저렇게 하시는 걸 거야' 하고 스스로 위안을 삼는 수밖에.

새둥지 만들 듯이 홈을 파 강낭콩도 심고, 옥수수 모종도 100개씩 심었다. 풀과 짚풀로 멀칭도 하며 한나절 일을 마치고 보니 저녁 식사 시간이 되어 괴산의 귀농자 분들과 함께하는 식사 자리가 마련되었다. 우리는 많이 궁금했다. 귀농도, 농촌도, 농사도. 하지만 귀농자 분들은 우리를 더 궁금해하셨다. 마을을 찾아온 젊은 애들 떼거리는 처음 보셨기 때문에 우리를 향한 다양한 궁금증과 질문이 끊이질 않는다. 졸지에 분위기는 우리의 기자회견장이 되어 각자가 생각하는 농사, 하고 싶은 농사 이야기를 돌아가며 발표(?)했다. 우리의 부족한 이야기를 열심히 들어주시는 귀농자 분들 덕에 각자의 진지한 생각과 고민들을 함께할 수 있었다. 저녁 식사와 함께하는 막걸리는 역시나 맛있었다. '밥은 하늘입니다. 하늘은 혼자 못 가지듯이 밥은 서로서로 나누어 먹습니다'라는 문구 아래서 먹는 식사가 참으로 귀했다. 식사를 끝내고 다 함께 어울려 1박을 하니 처음 보는 얼굴들과도 각별해졌다. 짧은 시간이 아쉽고 고마웠다.

다음 날은 눈비산마을을 쭉 둘러보고 버섯농장에 갔다. 수강생 중에 민아(가명) 씨가 버섯농장을 만드는 특별한 꿈이 있었기 때문이다. 민아 씨는 버섯을 먹는 것도 좋아하고, 버섯의 생김새도 좋단다. 함께 들어간 비닐하우스에서는 원통형 샘플에 버섯균을 뿌려 재배되는 표고버섯들이 자라고 있었다. 원통의 세로 부분으로 자라는 버섯들은 상품성이 없기 때문에 버섯들을 손으로 으깨는 작업을 했다. 엄지손가락으로 끝없이 터뜨려야 하는데, 나중엔 모두들 손가락이 아파 숟가락 등으로 밀어냈다. 반복적인 수작업 덕에 집으로 돌아오는 길에는 다들 손가락이 아파서 엄지로 휴대폰 자판을 두드리기조차 어려워 낑낑댔다.

버섯을 좋아하던 민이 씨는 고된 작업을 해보고는 버섯농장 만들기가 싫어졌단다. 그녀의 의욕을 꺾어버리다니 그녀에게 좋은 시간이 된 건지 안타까운 체험이 된 건지 모르겠다. 버섯을 사랑하는 그녀의 마음이 빨리 돌아오기를 바라는 수밖에. 갑작스러운 육체노동으로 모두가 나른해져 돌아온 저녁, 이런 본격 농사는 다들 처음 지어보니 각자 느낀 것이 많았다.

블루베리나무에 숨어 있던 청개구리가 귀엽고, 풀밭에 숨어 있는 무당벌레나 송충이도 이젠 징그럽지 않고 예뻐 보인다. 양계장 구경도 하고 계란도 선물 받아 뿌듯했다. 일한 만큼 얻을 수 있다는 것에 경건하고 감사한 마음이 들었다. 그동안 답답했던 우리의 실습텃밭과는 비교하기 어려운 규모의 멋진 텃밭을 방문해본 친구들은 조금씩 농사에 대해 생각이 바뀌기도, 더욱 애정이 생기기도 했다. 시영(가명)이는 고구마 한 개 키워내기가 이렇게 힘들다니 앞으로 고구마 껍질까지 먹을 거란다.

우리의 시계는 너무나 빠르다. 아침 8시부터 시작되는 출근길 정체, 지옥철이라는 지하철을 간신히 타고 오면 아침 9시부터 1교시가 시작된다. 버스나 지하철 안에는 잠이 부족해 시체처럼 널브러진 사람들이 고개가 뒤로 젖혀지거나 아래로 숙인 채로 빽빽이 들어차 있다. 학기가 시작되면 어느새 중간고사 기간이 오고, 간신히 치러내면 이어지는 팀플, 레포트, 프레젠테이션이 이어지고 어느새 시작되는 기말고사 기간. 직장인들은 야근까지 하는데, 퇴근하고서도 죽어라 마시는 술자리가 세팅되어 있다. 집에 들어가면 11시, 12시는 보통이고, 잘 준비 할 새도 없이 곯아떨어지기까지의 과정이 멋진 사회인의 기본적인 하루 코스이다.

숨 쉬기에도 빠듯한 일정 속에서 언제 공상도 하고, 연애도 하고, 낮잠도 자는지 모르겠다. 높은 연봉에 회사에서 인정받고, 멋진 취미생활도 하나 있고, 다정한 애인과 원만한 대인관계를 지닌 인간이 현대인의 이상형인데, 아마 그 사람은 인간이 아니라 로봇쯤 되어야 가능하지 않을까? 우리가 다녀온 눈비산마을이 현실세계에는 없는, 무릉도원처럼 느껴지는 것이 조금 슬프다. 씨앗이 싹을 틔우고 성장하고 열매 맺는 이 느린 호흡으로는 현대를 살아갈 수가 없다. 책도 두고두고 읽을 시간이 없어 속독법을 공부하고, 인터넷에서 물건 사면 당일 배송이 오는

데다, 서울에서 어디든 KTX로 세 시간 안에 주파하는데, 매일매일 김 매고 물 줘서 몇 달 만에 열매 몇 개 얻어내는 것은 효율성도 없고 생산성도 없다.

하지만 속독법으로 읽은 책은 기억이 안 나고, 인터넷으로 주문한 물건은 금방 시들해지고, KTX 타고 떠난 여행은 추억이 적다. 오래 기다려 얻은 작물은 맛있다. 특별하다. 달콤하다. 눈이 오고 비가 오고 바람이 부는 여러 날들이 만들어낸 작물에는 내 손길이, 벌레의 관심이, 지나간 시간이 담겨 있다. 느린 호흡이 주는 따뜻한 감동은 누가 더 잘났는지, 누가 더 일 잘하는지 상관없게 하고, 서로를 향한 웃음도 티 없게, 땀을 닦아주고 흙을 털어주는 서로의 손짓도 아름답게 한다. 눈비산마을에서 우리는 무거운 옷을 벗고 솔직한 몸을 맞댄 것처럼 친해졌다. "대학생은 모름지기 농활과 야학이지!"라는 멘트를 입에 달고 사는 근식 오빠의 말이 새삼스러웠다. 거창한 에피소드는 없었지만 1박 2일이라는 짧은 시간이, 오랜 호흡으로 각자에게 짠한 마음이 되어 남았다. '속도가 다른 마을'에서 겪은 시간 덕에 돌아온 도시는 더욱 빠르게 느껴졌지만, 언제 그랬냐는 듯 우리는 금방 그 속도에 적응했고, 짧지만 오랜 시간은 꿈결처럼 남았다.

두 번째 레알텃밭학교는 이화여대에서 준비했다. 새로운
장소에서 또 다시 시작한다는 게 부담스럽기도 하지만,
색다른 분위기에 들뜨기도 했다. 두 번째 개강을 맞아 장
소뿐만 아니라 새롭게 구성한 장치들이 있었는데, 그중
CCP의 지원금 대신 농진청의 후원으로 더 큰 자본을 이용
할 수 있다는 것이 가장 특별했다. 굴릴 수 있는 자본의 크
기가 더 커졌으니, 시도해볼 수 있는 것들이 많았다. 하지
만 우리의 긍정적인 상상만큼 모든 일들이 쉽게 굴러가진
않았다.

강의 첫날, 기대한 만큼 많은 학생들이 찾아오진 않았
다. 초심과 같았다면 이만큼으로도 뿌듯했겠지만, 그동안
열심히 홍보도 했던 터라 좀 충격적이었다. 괜한 욕심에
서 비롯된 어쩔 수 없는 실망감을 추스르고, 적은 학생 수
를 돋보이게 만든 대형 강의실에서 벗어나 아시아여성학
센터의 아담한 강의실로 장소를 옮겼다. 수강생 수는 1회
때의 절반 수준이었지만, 우리는 스스로 그 빈자리를 메
우려 했고 나름의 장점을 찾아냈다. 학생 수가 적으니 수
강생들과 개인적인 관계를 맺을 수 있었던 것이다. 지속
적으로 참가하는 수강생들의 이름뿐만 아닌 개인적인 정
보들을 알게 되고, 즉각적인 피드백도 수집할 수 있었다.
다양한 생각으로 찾아온 이들인 만큼 수강생들의 개성은
남달랐다.

시영(가명)은 호기심도, 욕심도 많은 이대 신입생이었
다. 어느 날 먹다 남은 수박씨를 작은 컵에 심어봤는데, 정
말 싹이 돋았단다. 물도 주며 가꿨더니 꽃까지 피었다고
했다. 그녀는 왜 열매는 열리지 않는지 순진하게 궁금해
하다가 학교에 붙은 레알텃밭학교 포스터를 봤다. 눈을
똘망똘망하게 뜨고 수업을 찾은 그녀는 뭐든지 물어본다.

"이건 뭐예요? 저건 뭐예요?" 수업이 없는 날에도 실습텃밭을 찾아 이것저것 관찰하고, 비가 오면 별일 없나 들여다보는 모습이 귀엽다.

승기(가명) 씨는 처음엔 학교의 팀프로젝트 조사차 우리를 인터뷰하기 위해 텃밭에 놀러 왔다. 그는 매발톱꽃을 키우고 싶다고 했고, 환경원예학이라는 자신의 전공과는 조금 다르게 환경에 접근하는 우리의 방식을 신기해했다. 함께한 술자리에서 그는(전공자로서) 유기농, 도시농업 등은 현실의 농민을 배려하지 않는 이상적인 이야기라고 말했다. 처음엔 그 의견에 발끈하기도 했지만, 농촌이나 농민의 입장에서 공부하는 사람들이 있다니 고맙기도 하고, 그 덕에 새로운 관점도 터득할 수 있었다. 실습시간엔 "물은 그렇게 주지 마시고, 뿌리에 가깝게 주셔야 돼요" 하는 식의 '전공자 포스' 풍기는 발언으로 우리를 기죽이기도 한다.

희정(가명) 언니는 여성농민에 관한 석사논문을 쓰기 위해 횡성에 1년간 단기 귀촌을 했다. 고된 농촌생활로 농사에 대한 환상을 깨끗이 부수고 온 그녀. 하지만 거기서 멈추지 않고, 아시아여성학센터에 상자텃밭을 만들려는 계획으로 각종 장비까지 구비했는데, 때마침 우리의 홍보

포스터를 봤다. 지은이 주도한 이대생 텃밭모임인 '스푼걸즈(귀여운 이름은 나중에 소개한다. 154쪽, 162쪽 참조.)'에 대한 지나친 관심과 애정으로 다큐멘터리를 찍어야겠다고 결심한 이상한(?) 언니는 우리를 따라다니며 촬영을 하기 시작했다. 우리를 자기 집에 초대해 먹을 것도 해주고, 다양한 행사에 자꾸 불러들인다. 지은이 대장농장의 감자 두레밭에서 감자를 수확했을 때도 언니는 촬영을 핑계로 봉석과 농장까지 따라갔다. 30평 규모의 밭에서는 감자가 한 트럭이나 나왔다. 함께하신 어머니, 아버지들은 각자 자가용으로 감자를 운반했지만, 지은과 봉석은 가지고 있는 온갖 주머니, 봉지에 꾸역꾸역 담아서 언니네로 가져갔다. 언니는 그 감자들로 닭볶음탕을 만들어주고, 나머지는 함께 쪄 먹었다. 여전히 우리가 신기하다며 다큐멘터리 촬영하느라 우리 곁을 맴도는데, 우린 언니가 더 신기하다.

은명(가명) 씨와는 서울대학교에 텃밭을 만들려고 연락을 주고받다 레알텃밭학교까지 끌어들였다. 나보다도 어린 대학원생으로 모든 것에 진지하다. 스푼걸즈 텃밭 옆의 낮은 땅에 각종 재료를 층층이 쌓아올려 거름을 함께 만들었는데, 진지하게 지푸라기를 흩뜨려 조심스럽게 쌓는 모습이 인상적이었다. 아직 군대도 안 다녀온 젊은 청

114

년이 귀촌을 생각하기도 한다 하고, 확신에 찬 눈동자로
농법을 공부하는 모습이 놀랍다.

헬렌과 스콧 니어링 부부의 책에 감명 받았다는 신애
(가명) 씨는 침착하고 다소곳한 프리랜서이다. 학생들 틈바
구니에서 사회인이 강의를 듣는다는 것이 생각보다 어려
운 일일 텐데, 빠지지 않고 수업을 듣는다. 참한 겉모습과
달리 아이디는 '댄싱걸'. 춤추기를 좋아하는 반전이 있었
다. 레알텃밭학교에서 농사의 즐거움을 많이 배웠다며 더
심화된 수업을 받으러 도시농부학교까지 등록했다. 같은
아파트에 사는 지은이 수확물을 가져다주면 수줍게 좋아
해주신단다.

이 밖에도 재미있는 수강생들이 많았다. 기획부터 함
께한 새얼굴 고은이, 혜나, 근식 오빠, 재휘 덕에 더 생기
있는 수업을 만들어갔다. 사실 2회는 여학교를 선택한 죄
로, 더욱 극심한 성비 균형을 이루게 되었고, 새로운 텃밭
을 꾸리다 보니 척박한 땅에 부실한 수확물로 실습을 할
수밖에 없었던 점 등 문제점들이 많았다. 종강 날엔 감자
를 수확해 수강생들과 나눠 갖는 것으로 유종의 미를 거
두려고 했는데, 언덕에 위치한 실습텃밭에 올라가는 것조

차 위험할 정도로 종일 비가 내렸다. 먼저 모인 우리는 수강생들에게 줄 수료증을 만들고, 비 오는 실습텃밭에 올라가 봤다. 장마가 시작되어 어차피 지금 뽑지 않으면 감자가 무를 수 있으니, 우리끼리라도 감자를 캐야 했다. 길게 자란 줄기를 잡고 뿌리 주위를 살살 파서 잡아당겼는데, 헉, 아무것도 없다. 믿을 수 없어 옆 감자 줄기를 또 뽑아본다. 역시 아무것도 없다. 이 참담한 결과는 무엇인가, 우리의 비참한 엔딩에 대한 암시라도 되는 것은 아닌지 의문이 들었다.

기대에 못 미치는 성적 덕분에 승승장구하던 우리는 스스로를 진지하게 되돌아보게 되었다. 보통 레알텃밭학교 수강생들은 원대한 목적 없이, 사소한 관심이나 즐거움을 목적으로 수강을 신청하는 경우가 많다. 하지만 우리의 수업은 지나치게 진지하고 깊이 있는 내용으로 처음 농사를 접하는 대학생들에게 부적합한 면이 있었다. 레알텃밭학교는 다양한 목적을 가진 학생들을 모두 포용할 수 있는 넓은 주제를 다루었기 때문에 사소한 관심에서 참여를 시작한 학생들에게서도 더 큰 뜻을 이끌어낼 수 있을 것이라 여기고 어려운 수업을 강행해온 것이다. 교양수업 만들기가 처음의 목표였기 때문에 그 학술적인 측면을 지속적으로 염두에 두기도 하다.

허나 돌이켜보니 학생들의 수요를 파악하고 그에 적합한 맞춤형 수업을 진행하는 것이 우리가 대학에서 강좌를 진행하는 이유이자 목적이었는데, 그 점을 간과해버렸다는 것을 깨닫게 되었다. 단지 수박씨를 컵에 심어 예쁜 수박을 키울 수 있을까 하는 궁금증으로 찾아온 학생에게, 토양을 분석하고 토종 씨앗의 중요성을 강조하는 등 너무나 어렵고 진지한 내용을 제안하며 질리게 한 것이다. 망각해버린 우리 강좌의 취지와 목적을 다시 한 번 정리해야 한다는 중요한 사실을 깨달았다. 레알텃밭학교는 대학에서 대학생들이 만드는, 대학생을 위한 색깔 있는 강좌로 거듭날 필요가 있었다. 우리는 곧바로 세 번째 레알텃밭학교의 준비에 들어간다. 문제점을 알게 되었으니 분명 더 잘할 수 있을 것이다.

봉석은 대학텃밭의 작물들이 우리와 닮았다고 했다. 대학의 땅은 농경지로 쓰이기엔 척박했지만, 그곳에서 작물들은 스스로 자라 결실을 맺었다. 우리가 열심히 물을 주어서도 아니고, 햇빛과 바람이 잘 들어서도 아니었다.

수확량이 많은 것도 아니고 남들 보기 좋게 크지도 않았지만, 스스로 자라나 쌉싸래한 고유의 맛을 지녔다. 우리도 작물들처럼, 비옥한 조건과 든든한 후원 없는 대학 땅에서 각자 알아서 성장하고 있다. 우리가 만들어낸 레알텃밭학교는 완벽하진 않지만, 우리 자신을 담아낸 특별한 결과가 있기에 소중하다. 레알텃밭학교 덕에 평생 만날 기회가 없었던 백 명이 넘는 새로운 사람들을 만나 이야기하고 함께 시간을 보낼 수 있었다는 것만 해도 신기하다. 스스로 성장하는 봉석이도, 나도, 지은이도 조금도 화려하지 않은 우리의 시간에 어떨 땐 외로워 지치기도 하지만, 누구와도 다른 우리만의 맛있는 결실 덕에 결국엔 웃을 수 있기에, 또 다시 세 번째 레알텃밭학교를 기대해본다.(왠지 세 번째엔 훨씬 더 잘될 것 같다는 근거 없는 확신이 있다.)

캠퍼스에 생산적이고 낭만적인 씨앗을!

첫 키스 같은,
기계와의

달콤한 추억

그루터기텃밭은 좁았다. 얼마나 좁은지, 우리가 둘러앉는다면 꽉 들어차고, 일렬로 나란히 드러눕는다면 뒤척이지도 못할 정도다. 옹기종기 낸 짧은 두둑이 네다섯 개, 그 이상은 힘들었고, 농기구를 비롯한 각종 물품들은 둘 곳이 없어 봉석의 학과 공부방 좁은 책상 위에 아슬아슬하게 쌓아두었다.(이 자리를 빌려 고려대학교 미디어학부 공부방 이용 학생들에게 염치없는 죄송함과 감사함을 전합니다) 변명하자면 정식 동아리가 아닌 데다가 전원이 고려대학교 소속도 아닌 우리가 학교에 장비를 놓을 공간을 허락 받기란 하늘에서 별을 따는 것보다 어려웠기 때문이다.

우리의 농토도 사실상 무단 점령한 것이니 염치라는 말을 꺼낸다는 것 자체도 민망하다. 찰그랑대는 농기구를 들고 들락대고, 땀 냄새 나는 몸뚱이를 들이밀고, 심지어 미디어학부 공부방에서 당당하게 회의도 했으니 말 다했다. 봉석의 과 내 인지도가 우리의 민폐를 용인해줄 정도로 대단한 건지, 아니면 하란 공부는 안 하고 딴짓거리나 하는 '또라이'로 찍혀 있는지, 처음엔 의문이었으나 후엔 그마저 잊어버렸다. 봉석의 좁은 책상과 미디어학부의 캐비닛도 감당할 수 없는 나머지 물품들은 그루터기텃밭 구석에 켜켜이 쌓아두고 누가 가져가진 않는지 걱정했는데, 퇴비나 목장갑을 훔쳐가는 열정은 그 누구도 보이지 않았다.

우린 더 많은 작물을 가꾸길 원했고, 11월엔 예정된 김장작물까지 감당하기엔 그루터기텃밭의 규모가 턱없이 모자랐다. 땅을 넓히겠다는 욕심으로 교수님께 의지해 학교 안에 새로운 텃밭을 물색했다. 그리고 순전히 교수님의 '빽'으로, 시설부에게서 7월경 화정체육관 뒤쪽의 열 평이 넘는 땅을 소개받는다. 공식적으로 우리에게 주는 것은 아니고, 안 쓰는 땅을 잠정적으로 찾아준 것이 맞다. 처음엔 봉석, 소영이 교수님과 시설부 선생님을 따라 승용차로 그곳을 찾았다. 올라가는 길도 험하고 사람들의 발길이 드문 곳이라 접근성이 매우 떨어지는 곳이었지만, 내쫓겨날 경우 "시설부가……" 하는 식으로 우겨볼 수도 있는 땅이 생긴다는 것에 좋기만 했다. 길도 없어 풀숲을 헤치고 아슬아슬 기어 올라가야 했지만.

어느 일요일, 드디어 밭 만들기를 강행했다. 봉석과 소은, 지은과 나는 화정체육관 뒤 넓은 잔디구장을 지나 그 넓은 땅으로 갔다. 호미와 낫, 삽을 들고 도착한 그곳에는 알 수 없는 풀들이 무릎 위까지 자라 있었다. 우선 길게 자란 풀들을 벴다. 한 손엔 풀 뭉텅이를 붙잡고, 다른 손엔 어설프게 낫을 잡고 휘둘렀다. 누가 당시 내 모습을 보았다면 아무렇게나 낫을 휘두르는 꼴이 우스우면서도 무서웠을 것이다. 사실 낫질하는 법을 몰라 풀을 베어내기보다는 뜯어냈다. 각자 열심히 이름 모를 풀들을 쥐어뜯고, 삽으로 여기저기 들쑤셔 보았지만, 우리의 업적은 조금도 눈에 띄지 않는다. 내 근방의 풀들만 겨우 여기저기 무식하게 썰어 놓았다. 이 정도 속도로는 밭 만드는 데 일주일은 걸리겠는데. 석회도 뿌리고 퇴비까지 뿌리려면…… 한 달은 걸리겠다.

더운 날씨에 아침 일찍 일을 나왔지만, 시간이 흐르고 중천에 뜬 태양 밑에서 혼자 끙끙대고 있는 내 모습이 처량하게 느껴졌다. 사실 나는 그때까지 제대로 된 농사는 해보지 못하고, 그루터기텃밭 작물들을 화초처럼 대하고 있었다. 그날도 선크림을 바르고, 어차피 여기저기 흙 묻을 걸 별생각 없이 흰 티에 선글라스 하나 챙겨 들고 왔는데, 일을 시작한 지 몇 분이 지났을까, 반바지에 운동화를 신은 나는 온 다리를 벌레에 물렸다. 일이 힘들고 뭐고 할 것도 없이 가려운 다리 때문에 정신이 없다. 내리쬐는 햇볕에 머리는 띵하고 쭈그려 앉은 다리는 저리다. 날씨는 왜 이리 불타는지 덥다덥다 하며 지낸 여름이지만 이토록 땀을 흘린 건 처음이다. 그동안 덥다덥다 내뱉던 게 부끄러울 지경이다. 이게 진짜 농사야? 그동안은 예고편이었구나. 이렇게 힘든 농사, 다시 생각해봐야겠다며 혼자 되뇌었다.

나보다 농사일 경험이 조금 있는 지은이가 긴 바지에 챙이 넓은 모자, 토시도 차고 수건까지 여러 개 가져와 빌려준다. 아무 생각 없던 나는 지은이가 준 수건을 냉큼 쓰고 뜨거운 태양 앞에 일사병 체험을 한다. 당장에라도 '몸빼바지'를 구해 입고 싶은 마음이 가득하다. 그렇게 나는 지은의 수건을 뒤집어쓰고, 소은은 봉석의 모자를 뺏어 쓰고, 하나둘씩 그늘로 들어가 널브러져 있다가 공연한 짜증도 부리고 서로 일도 떠넘기며, 진척 없이 시간을 보냈다.

그날은 우리 옆에서 토목학과 실험을 위해 아저씨들이 포클레인을 끌고 작업을 하고 계셨다. 아저씨들에게 이리저리 낫을 휘두르고 삽질하는 우리 모습이 어떻게 보였을까? 모른 척하고 일에 열중하고 계시던 아저씨 한 분이, 못 참겠다 싶었는지 우리에게 다가왔다. "낫질은 그렇게 하는 게 아니야, 이렇게 휙휙 하는 거야. 잘 봐" 하며 우리 앞에서 시범을 보이신다. 내가 수십 번에 걸쳐 썰어냈던 풀들을 한칼에 베어낸다. 우와, 아저씨…… 짱이에요. 우리 허접 나부랭이들은 바보처럼 감탄을 내뱉으며 아저씨의 낫질을 지켜봤다. 우리의 눈은 반짝이다 못해, 허무하여 눈물이 고일 정도였다. 우리의 시선을 의식하신 아저씨는 "내 고향이 전라도 어디어디야, 농사를 크게 짓다가 왔다고. 저기 저 아저씨는 고향이 어디고 농사를 십수 년간 지으셨어" 하시며 더 멋진 낫놀림 신공을 보여주신다.

"이렇게 하라고, 알겠지?" 하고 떠나시는 아저씨께 봉석은 "포클레인으로 한번 갈아엎어주시지" 하며 뒤에서 넌지시 말한다. 그 말에, 옮기던 발걸음을 멈추신 아저씨. 포클레인 기사 분께 "여기 한번 갈아 엎어봐" 하신다. 기사분이 "그럴까?" 웃으시며, 포클레인을 앞으로 뒤로 살짝살짝 움직이신다. 우와, 이런 행운이? 우리는 거대한 포클레인의 위엄 앞에서, 바다를 가르듯 양 옆으로 일사분란하게 찢어졌다. 포클레인은 둔한 바퀴를 힘들게 움직이더니 땅을 한 움큼 파서 저 뒤에 놓는다. 우리가 썰어놓은 불쌍한 잡초들은 흙더미 위에 앉아 있다가 땅속으로 엎어진다. 그렇게 포클레인이 여러 번 움직이고 나니 땅 위에 풀들은 모두 흙 속으로 묻혀버리고, 위와 아래가 완전히 뒤집어진, 흙더미가 눈앞에 켜켜이 쌓였다.

우린 그 앞에서 아무 말도 하지 못했다. 입만 벌리고, 침을 흘리고 있었다. 정말 기계의 힘은 위대하구나. 우리가 며칠을 걸려서 할 일을 단 몇 분 만에 해냈다. "우리 포클레인, 아니 경운기라도 사자" 하며 쓸데없는 농담만 쏟아냈다. 이런 맛에 기계를 쓰는구나. 한 시간 만에 베껴 쓸 분량을 1초 만에 복사기로 찍어내고, 수백 번 두드려 으깨야 할 채소를 믹서 버튼 한 번에 갈아내는, 기계와의 동거를 평생 해왔건만, 그 크기가 거대해지니, 새삼스레 놀랄

수밖에 없다. "아저씨, 감사합니다"를 수십 번 외쳤다.

포클레인을 한 번 부르려면 수십만 원을 줘야 하는데, 우연히 옆에 있다가 수지맞았다. 감사한 마음에 싸 온 막걸리를 나눠 드렸다. 아저씨들은 괜찮다고 손사래를 치셨지만, 우리는 조금이라도 보답하고 싶어, 극구 막걸리를 권했다. 아저씨들도 막걸리 한 잔으로 넉넉하게 좋아해주신다. 보통이라면 이야기 나누기 어려운 아저씨들과 서로 일을 돕고 대낮에 술도 나눠 마시니 참 좋다. 농사를 지으니, 어른들과의 공감대도 넓어지고, 수더분한 교류도 가능하니, 그것 참 멋도 있다. 그렇게 우리의 밭은, 좋은 인연을 만나, 단시간에 만들어졌다. 이 땅은 그루터기텃밭처럼 매립지에 가까워 묻혀 있는 쓰레기도 많았지만, 사람들의 손을 타지 않아 흙도 좋고, 햇빛도 좋았다. 우리는 포클레인이 도와 만든 그 밭을 '포크밭'이라 부르기로 했다.

석유에 기반을 둔 기계농업의 시작으로 세계는 위기를 맞았다. 지금은 도시농업의 메카로 일컬어지는 쿠바는 석유를 공급해주던 소련이 망하자, 미국의 경제 봉쇄로 농기계를 돌릴 수 없어 전 국민이 굶어 죽을 위기에 처한 적이 있다. 당시 온 국민이 도시농업을 시작하여 경제와 식량 문제를 스스로 해결할 수 있었으며, 결과적으로 자립

이 가능한 더 나은 사회체제를 만들어냈다. 하지만 반대의 경우는 그 결과가 무시무시하다. OECD 국가 중 식량 자급률 최하위 그룹에 속하는 우리나라는 FTA로 농산물 시장을 개방하여 쌀을 제외한 곡물 자급률은 5% 미만이다. 만약 수출국에서 갑자기 식량이나 석유의 수출을 막거나 가격을 올려버리면, 말도 안 된다고 느껴질진 몰라도, 온 국민이 아사 위기에 몰릴 수 있다.

갑자기 심각한 이야기를 꺼낸 이유는, 이런 참담한 비극을 막는 작은 실천으로 기계 사용을 지양해야 한다는 걸 알면서도, 막상 기계 맛을 보니 우리 역시 그 능력 앞에 한없이 작아지는 것을 경험했기 때문이다. 농사는 매우 간단한 노동을 땅의 크기에 비례하여 수백 차례 반복해야 한다. 소나 말에 의존해 농사를 지었듯이 농기계가 그 일을 대신해준다면 그 해방감은 어마어마하다. 우리는 열 평도 안 되는 좁은 땅에서 그 행복을 맛보고도 어쩔 줄 몰랐는데, 넓은 농토에서 직업적으로 농사를 짓는 사람들은 농기계를 배척하기가 얼마나 어려울까? 그러니 경험해 보지도 못했으면서, 석유 농사를 지양해야 한다느니 하는 말은 공허한 듯싶다. 하지만 자급자족을 위해 농사를 짓는 사람들이라면 석유 사용을 지양하는 것이 좋다. 결과

적으로 우리는 그날 이후로 석유로 돌아가는 그 어떤 호사
도 누리지 못했으니 본의 아니게 단 한 차례, 기계와의 달
콤한 추억을 간직하게 되어 그나마 다행으로 여겨야겠다.

그렇게 우리의 두 번째 밭이 생겼다. 풀숲을 헤치고 기
어 올라가야 했는데, 자주 왕래하다 보니 많이 밟고 다니
며 땅을 다져 저절로 길도 만들어졌다. 선글라스에 반바
지를 입고 밭에 일하러 간 내 모습은 지금 생각하면 오그
라들 정도로 창피하다. 하지만 기계에 비하면 보잘것없는
나의 노동과 친구들의 애정이 보태져 완성된 포크밭을 바
라봤던 그날, 허세 농사꾼이었던 내가 비로소 진짜 농사
에 대한 열정과 의지를 품게 된 것도 같다. 비록 다음 날
근육통과 모기 자국으로 울었지만……

'씨앗들'을
울린

뜻밖의 X맨

여름걷이를 끝내고 그루터기텃밭을 전부 갈아엎었다. 다시 텃밭을 예쁘게 정비하고 이랑을 만들었다. 가을작물 키우기에 들어간다. 가을작물로는 김장에 필요한 무, 알무, 갓, 쪽파와 배추를 준비했다. 배추는 땅에 바로 심지 않고 모종으로 만들기 위해 트레이에 배양토를 채워 포트를 만들었다. 조심스럽게 한 칸에 두 개씩 씨앗을 심는다. 포스트잇 반쪽만 한 이 좁은 칸에서 싹이 날 수 있을까?

모종은 떡잎이 잘 나올 때까지 매일 물을 줘야 하는 단점이 있어, 그루터기텃밭에 두고 매일 당번을 정해 물을 주었다. 비가 오는 날은 건너뛸 수 있다. 오늘은 비가 오

나 안 오나 매일 일기예보를 체크하고 하늘을 올려다본
다. 그러다 비가 폭포처럼 몰아쳤다. 모든 게 쓸려 내려가
는 게 아닐까? 인터넷에는 도시 이곳저곳이 물에 잠긴 사
진들이 떠돈다. 올해만큼이나 대단했던 2010년의 폭우.
연예인 누구의 고급승용차가 지하주차장에 잠겼다는 속
보가 트위터를 시끄럽게 달구고, 멍청한 설계로 광화문이
침수되었다는 보도가 터진다. 그때 내가 정작 궁금해했던
것은 '물이 몇 미터나 차올랐나?'가 아니라 '텃밭이 떠내
려가지 않았을까?' 하는 생각이었다.

예상보다 큰 피해는 없었지만, 너무 큰 비에 가을농사
는 포기해야 하는 게 아닌가 싶었다. 시련을 이기고 자라
난 동그란 싹들은 앙증맞았지만, 비실비실 잘 자라질 못
했다. 새들이 와서 쪼아 먹고 가기도 했다. 왜 다른 풀들은
놔두고 여기 와서 뜯어 먹는 거야. 싹이 쓸려 내려간 칸도
있고, 새가 뜯어 먹은 칸도 있었다. 그렇게 비와 벌레, 새
까지 견디며 배추모종은 작지만 꿋꿋하게 자랐다. 비실비
실한 작은 것들을 그루터기텃밭에도 옮겨 심고, 포크밭에
도 심었다.

낮에 올라가면 타 죽을 것 같고, 오후에 올라가면 수백

만 모기 떼에 뜯기는 살벌한 곳이 한여름의 포크밭이다. 청바지와 팔 토시, 각종 수건과 모자로 중무장을 해도 그 모기 떼는 상대할 수가 없다. 귓가에 맴도는 모기 떼 소리는 작은 짜증으로 시작해 나중엔 걷잡을 수 없는 공포로 다가온다. 벌레에 물려 죽을 수도 있다는 생각까지 든다. 내가 배추를 키우는 건지, 모기를 키우는 건지 모르겠다. 어찌나 괴로운지, 한여름의 포크밭에서는 우리의 유일한 낙이자 주특기인 헛소리도 멈춘다. 말없이 최대한 빨리 하는 것이 유일한 방법이기 때문이다. 땀은 삐질삐질 흐르고, 말없이 깊은 한숨만 푹푹 내쉬며, 가끔씩 "다했어? 다해가?"만 서로 묻는다. 짜증을 컨트롤하는 데 온 신경이 집중되어 있어 내가 뭘 하는 건지도 잘 모를 지경이다.

하루는 포크밭에서 일을 마치고 내려다보니 팔다리가 빈틈없이 모기에 물려 있기에, 물파스를 덕지덕지 바르고 간지러움을 참기 위해 찬물이라도 끼얹으러 화장실에 들어갔다. 그런데 옷을 걷은 지은의 몸에 우둘투둘한 두드러기가 잔뜩 올라와 있었다. "으악! 어떡해! 이게 뭐야!" 난 어쩔 줄을 몰랐다. 그나마 물파스라도 발라주고 나왔다. 약국에 가 보니 약한 피부가 산모기에 (정말) '수백 빵!'을 물려 그렇게 된 것 같다고 한다. 은하는 모기 얘기만으로 수십 시간은 떠들 수 있을 거라며 아직도 질색을 한다. 성북구 안암동 개운산 모기 떼가 세계 최강이라고.

시간이 흐르니, 배추들이 눈에 보이게 커간다. 비실거리는 배추에만 벌레가 꼬인다. 불쌍하지만 한 아이가 희생하니 나머지는 봐줄 만하다. 그래도 약을 안 쳐서 벌레는 어디에나 드글드글하다. 목초액을 가끔 뿌려주고, 통이 커져 잎이 벌어지는 배추들을 노끈으로 묶어준다. 그러던 어느 날이었다. 끔찍한 일이 터졌다.

포크밭의 무들이 몽땅 서리를 당한 것이다. 어떻게 키운 무들인데, 그 무시무시한 모기 떼에 젊은 피 내어주며 가꾼 무들인데, 누가 이런 짓을! 무심코 뽑아간 것이 아니라 계획적인 소행이 틀림없다. 한 포기도 남김없이 싹쓸이를 해간 것이다. 분명 담아갈 자루도 준비했을 거고, 진즉에 우리 텃밭의 존재를 눈치 채고 있었을 것이다. 지은은 거의 울 준비를 했다. 아, 도대체 누구냐!

그때 우리가 동시에 떠올리는 한 사람이 있다. 바로 화정체육관 경비아저씨. 며칠 전 포크밭에 올라오는데, 누군가가 포크밭에 서 있는 모습이 보였다. 점점 다가가 보니 화정체육관 경비아저씨다. 그런데 무를 깎아 드시고 계시

다? 응? 저 무? 저거 우리 텃밭에 심어져 있는 무가 아니더냐? 으악, 안 돼요!

"아저씨이이이이이잇!"

지은이 당장 소리를 지른다. 아저씨는 깜짝 놀라셨나 보다. 뭐라뭐라 변명을 하신다. 버려져 있는 땅인 줄 알았다며, 잘 몰랐다며 구시렁대신다. 그리고 커피와 율무차를 가져오셨다. 이걸로 사과라도 하고 싶으신가 보다. "커피 백 잔 가져오셔도 우리 무 한 개가 더 좋아요!" 하고 싶었다.

화정체육관 아저씨는 무 서리의 아주아주 유력한 용의자다. 결정적인 장면을 우리가 목격하지 않았던가. 그것도 바로 며칠 전에. 아저씨는 우리 텃밭의 존재를 알고 있다. 아니, 아저씨가 서리는 안 했지만, 소문을 냈을 수도 있다. "저 위에 학생들이 키우는 텃밭이 있어. 무가 아주 달고 맛있더라고." 그 말 한 마디가 이런 대형 참사를 불러온 것일지도 모른다.

개운산 등산객들의 소행일지도 모르겠지만, 이 외진 포크밭까지 올라와 무를 서리해 갔다는 게 기가 막혔다. 열 받은 지은은 '이 텃밭은 화학약품 실험용으로 이용됩니다. 무를 가져가셔서 드신 분이 계시다면 속히 가까운

씨앗들아, 미안!

병원에 찾아가시길 바랍니다'라는 무서운 글을 텃밭 근처
에 써두었다. 그래도 분이 안 풀렸다. 아저씨를 원망하기
라도 해야겠다.

힘들게 키운 무를 서리당한 빈자리 옆에선 속이 노란
배추가 계속 커갔다. 알무도 자랐다. 그 빈자리에 속이 쓰
리다. '그래, 그 몇 안 되는 무 가져가서 얼마나 잘 먹고 잘
사나 두고 보자' 하는 심보가 꿈틀댔지만, 배가 고픈 불쌍
한 누군가가 가져갔을 거라 위안으로 삼았다. 소중한 농
작물을 빼앗기고 나니, '진짜 농부'의 심정에 한 뼘 더 다
가간 듯하다. 열심히 키운 작물이 자연재해로 몽땅 죽어
버리거나 너도 나도 풍년으로 똥값에 팔아야 할 때, 키운
작물이 밥상에서 쉽게 버려질 때 그 아픔은 우리가 당한
서리에 비할 바가 안 되겠지. 무는 사라졌지만, 우리의 경
고 문구가 무서웠던 건지 나머지 작물들은 건강하게 수확
할 수 있어서 다행이었다. 사라진 무들도 누군가의 밥상
에서 맛있게 올랐다면 그것도 (밉지만) 조금 다행이다.

캠퍼스 천기누설, "변태적인 낭만파들의 연대가 벌어졌다"

비밀의 화원, 그루터기텃밭의 존재를 가장 먼저 알아낸 사람들은 누굴까? 학교의 주인이라는 학생들? 학교 안에서 등으로 나무 치고, 박수 치며 뒤로 걷는 동네 주민들? 아니! 정답은, 경비아저씨들이다. 학교의 궂은일들을 도맡아 하시며 학교를 손바닥 들여다보듯 환하게 꿰고 계신 아저씨들. 남자 화장실보다 더 더럽다는 여자 화장실 청소 때문에 가끔 화장실에 불쑥불쑥 들어오실 때나, 이른 아침 학교 계단에서 대걸레질을 피하기 위해 멈칫할 때 외에는 마주치기 어려운 아저씨들. 그런데 우리는 이분들과 돈독한 우호관계를 맺게 되었다.

우리끼리 그루터기텃밭에서 어설프게 농사를 짓고 있는데, 저 멀리서 누군가 걸어온다. 우리는 그 익숙한 복장 앞에서 긴장했다. 경비아저씨다! 경비아저씨도 엄연한 교직원이 아닌가. 몰래 무단으로 농사짓는 우리에게 '관리인'은 가장 무서운 존재일 수밖에 없다. 어떻게? 숨어? 나무인 척이라도 하고 싶은데, 이미 우리를 보고 걸어오시는 아저씨의 눈앞에서 도망갈 수가 없다. 그래, 이럴 때를 대비해서 CCP에 지원한 거야. 어려운 말(CCP) 써가며 대충 허가받은 것처럼 둘러대자. 긴장 풀고. 흐흠.

하지만 아저씨는 우리가 모여 있어 텃밭을 발견하신 게 아니라, 진즉에 텃밭을 알아두시고 누가 농사를 지어놨는지 궁금하던 차, 우리를 발견하신 것이었다. 이렇게 땅을 헤집어놨는데 모르셨을 리가 없지. 무슨 말씀으로 우리를 꾸짖으실까? 철수 명령만은 피하고 싶다. 긴장하고 있는 우리에게, 아저씨는 학생들이 농사를 짓고 있었던 거냐고 물으신다. 응? 이 예상 밖의 부드러운 목소리는 뭐지? 아저씨는 순수한 호기심으로 우리에게 다가오신 것이었다.

어설프게 호미질을 하는 우리에게 여러 가지 기술을 알려주시는 아저씨. "책 보고 하는 거야? 그렇게 하는 게 아니야, 여기를 파줘야지" 하시며 시범도 보이시고, "이건 더 깊게 심어야 돼, 이렇게 해야 잘 자라지" 하며 조언도 해주신다. 우리는 반가운 환대에 기분 좋을 뿐 아니라 잠복해 있던 동지를 만난 듯 은밀한 기쁨을 느꼈다. '여기 아저씨가 지켜주시는 거예요? 잘 봐주셔야 돼요' 하는 마음이었지만, 그저 감사하단 말로 대신했다.

그때부터 경비아저씨와의 반가운 만남은 계속됐다. 저 멀리서 우리가 모여 무슨 꿍꿍이라도 벌이는 것이 보이면 금방 가까이 다가오셔서 "오늘은 뭐하는 거야?" 뒷짐 지고 구경하시다가, 금세 이것저것 거드신다. 그렇게 가족같이 친근해진 '418 경비아저씨'. 물 뜨러 418기념관까지 갔다가 아저씨가 보이면(그 많은 학생들 중에 물뿌리개를 들고 다닐 사람은 우리밖에 없으므로) 반갑게 인사를 드린다. 지나가는 학생들 들으라고 더 큰 소리를 외친다. "아저씨, 안녕하세요오옷!(우리 아저씨랑 친한 사이야)"

그렇게 아저씨는 뭐가 잘 익었다 칭찬도 해주시고, 뭐는 잘 안됐다고 걱정도 하신다. 허나 418 아저씨처럼 모든 경비아저씨들이 우리 편은 아니다. 우리 무를 뽑아 드시던 B 아저씨. 그다음에도 쭉 B 아저씨에 대한 앙금이 풀리지 않고, B 아저씨가 우리 무를 다 서리해갔을 거라며, 아니면 적어도 여기저기 소문 내서 서리해가게 만들었다며(그 후로 마주치진 못했지만) 계속 미워했다. 하지만 지나가던 우리를 붙잡고 낙엽을 쓸어놨으니 퇴비로 쓰라던 C 아저씨도 계시니, 뭐 어쨌든 우리를 예쁘게 봐주시는 (거의 유일한 교직원 집단인) 경비아저씨들, 사랑합니다.

　　삼삼오오 몰려다니시는 학관 식당 아주머니들도 텃밭을 가꾸면서 친근한 사이가 되었다. 처음 우리 텃밭을 신기하게 쳐다보시며 이것저것 말을 붙여주셨는데, 처음엔 경계하는 마음이 들었지만 몇 번 사소한 대화를 나누고 나니 그 마음이 싹 사라졌다. 아주머니들과 대화할 수 있는 공통화제가 있다는 것이 참 재미있었다. 상자텃밭 배분 행사를 했을 때 가장 좋아하셨던 것도 식당 아주머니들이었다. 아주머니가 한 분이 와서 상자를 타 가셨는데, 소식을 전해 듣고 일곱, 여덟 분이 우르르 몰려 나오셨다. 우리가 제작한 '먹을거리 전국 연합 학력평가'를 풀고 70점 넘으면 밀 상자텃밭세트를 나눠드린다 하니까 "이거 진짜 공짜로 주는 거야?" 물으며 분홍색 앞치마에 흰 모자 쓴 머리를 삼삼오오 맞대고 심각하게 고민하신다. 옆

아주머니 답안지를 몰래 베껴 쓰기도 하시고, 우리에게 소곤소곤 "답 좀 알려줘" 하신다. 밀알을 맛보는 퀴즈를 풀며 "이거 쌀이야!", "아냐, 밀인데?" 서로 구박하며 씨알을 잘근잘근 씹어보시는 모습이 귀여웠다. 결국 50점, 60점 맞은 아주머니들께도 모두 상자텃밭세트를 나눠드렸다. 평소에 힘들게 일하시는 교직원분들에 대한 애틋한 마음이 많았지만 어떻게 보답해야 할지 몰랐는데, 우리가 나눠드릴 수 있는 것이 있다니 기분이 정말 좋았다. 우리 엄마와 나이가 비슷할 것 같은 아주머니들이 수천 명이나 되는 젊은 대학생들 뒤치다꺼리 하시는 일이 쉽지 않으실 텐데. "퇴비 좀 더 줘" 하시기에 그루터기텃밭에 있는 비료포대까지 이고 와서 탈탈 털어 드렸다. 이것저것 챙기느라 웃으며 좋아하시는 모습이 우리 엄마가 웃는 것처럼 예뻐 보였다.

여기서 끝이 아니다. 직접 내 눈으로 보진 못했지만, 학교 안에서 아저씨들이 비밀조직을 결성해 일을 벌였단다. 그것도 우리의 영향을 받고! 이 사건은, 적어도 나한테는, 우리가 벌인 일 중에 가장 충격적이고 아름다운 '나비효과'라고 평가하고 싶다. 그러나 다시 한 번 말하지만, 내

눈으로 본 적도 없고, 어디서 벌어지는 일인지도 모르며, 사실이 아닐 수도 있다.

그 중대한 사건으로 말하자면 418 아저씨를 중심으로, 아저씨 몇 분이 모여 학교 안에서 닭을 키우고 있다는 것! 그것도 몰래! 이 얼마나 자극적이고 미학적인 이야기인 가. 학교 안에서 뛰노는 하얀 닭들! 하지만 그곳이 어디인 지는 나도 모른다. 어쩌면 살짝 취한 아저씨가 꿈에서 본 풍경을 슬쩍 이야기해본 것일지도 모른다. 그러나 아저씨 들은 학교의 비밀 장소를 전부 파악하고 있는 대단하신 분들이다. 그러니 학교의 비밀스러운 어딘가에 닭들의 아 지트를 만들어내셨겠지.

우리 집에서도 특이하게, 서울 시내 한복판에서 닭을 오래도록 키웠다. 주먹만 하고, 노른자도 두 개씩 들어 있는 건강한 달걀을 매일같이 먹을 수 있었지만, 아침마 다 울어대는 통에 동네 사람들의 눈총을 피하기가 어려 웠다. 닭이란 건 작물들이랑은 너무 달라서, 소리도 내고, 마구 돌아다닌다. 웬만한 공간에서는 쉽게 남들 눈에 띄 어 들통 나버릴 것이 뻔하다. 그렇게 시끄럽고 빨빨대는 놈들을 어디에 두셨을까? '몰래 일 벌이기 동지'로서 진심으로 존경한다. 미지의 장소라 우리도 쉽게 어딘지 여쭤보지 못했다. 우리에게 알려주는 것도 어쩌면 위험할 수가 있다.

그저 나 혼자 상상해본다. 조경된 나무들 틈 사이를 잰걸음으로 돌아다니는 스파이 닭 요원들. 하얀 엉덩이가 보일 법도 한데, 나무 뒤에 완벽하게 숨어 모습을 감추는 실력파 요원들이다. 나무 위에 앉아, 몰래 애정행각을 벌이는 캠퍼스 커플을 은근히 감시하고, 경비아저씨들에겐 달걀을 '서비스'로 제공한다. 비정규직들이 학교 안에서 몰래 꿍꿍이를 벌인다. 대외적으로는 제복을 입고, 학교를 통제하는 관리자의 모습을 하고 있다. 하지만 아지트에 들어서면 닭들과 해맑게 뛰놀며 천진난만한 모습을 드러낸다. 내 과장이 점점 심해지고 있는 듯하다. 이것만으로도 충분히 아찔하고 낭만적이지 않은가. 혁명을 꿈꾸는 관리인들. 그리고 그 혁명의 내용은 닭 키우기! 진짜 허를 찌르는 반란이 틀림없다.

남의 학교에서 농사짓는 나나 관리를 담당하시면서 닭을 기르는 아저씨들이나 진짜 괴상하지만 스스로의 은근

한 만족을 즐기는, 변태적인 낭만파들이다. 아저씨들이 우리의 영향을 받아 닭을 치기 시작했다지만, 우리는 또 아저씨들의 적극적인 혁명에 자극을 받는다. 그리고 허술한 우리에 비해, 아직까지 누구에게도 들키지 않은 그 치밀함에 탄복한다. 이렇게 아저씨들과 우리의 비밀 연대가 생겼다. 사실 누구도 더 이상 서로를 치밀하게 파헤치려 하지 않고, 스스로 희한한 취미 생활로만 즐기려 하기에, 연대하여 과격한 행동을 해볼 일은 당연히 없겠지만, 이 넓은 학교 안에 '나를 닮은 네가 있고, 너를 닮은 내가 있다'는 것만 알고 있어도, 엄청난 위안이 되고 자극이 된다.

신선한 달걀과 건강한 채소를 맞바꿔 먹어볼까? 닭똥이 그렇게 비료로 좋다는데, 아저씨들한테 부탁해서 파는 석회 대신 싱싱한 닭똥을 뿌려볼까? 지금 학교 안 어딘가에 닭들이 살고 있다는 걸 누가 알기나 할까? 이 글을 읽은 당신도 내 천기누설로 비밀을 공유하게 되었으니, 책임감을 가지고 끝까지 비밀을 지켜주길 바란다. 절대 학교에 문의를 하거나 닭들의 아지트를 파헤치지 말도록. 나도 궁금하지만 참고 있다. 건강하게 잘 지내는지, 닭 요원들, 텔레파시로 보고 바랍니다!

‘씨앗들’,
새로운 사람들을

만나다

아시다시피, 아직까지의 ‘씨앗들’은 출처도 불분명하고 근
거도 부족한, 대단할 것 없는 집단이다. 그 탄생조차 허술
하여 원대한 목적 없이, 각자 다른 방향을 보고 모여들어
얼기설기 시작됐다. 서로 전공, 대학, 환경과 성격까지 달
랐고, 정말 텃밭만을 위해, 텃밭을 가꾸기 위해 슬금슬금
모였다. 누가 “모여라!” 하고 외쳐서 선착순 달리기를 한
것도 아니고, 뿌려진 광고지를 보고 찾아오지도 않았다.
처음부터 모두가 서로 알고 지냈던 것도 아니고, 그렇다
고 생판 모르는 남남끼리 원대한 목적으로 모인 것도 아
니다. 그저 우연하게 만났고, 함께하는 것이 즐거웠다. 서

로 다른 생각으로 시작했고, 서로의 생각이 무엇인지, 함께하면서도 크게 개의치 않았다.

처음엔 단체명을 정할 필요도 없어 한동안 이름도 없었다. 그러다 조금씩 우리를 설명해야 할 기회가 찾아왔고, 고려대학교 홍보관 옥상에 텃밭 만들기를 꿈꾸며, 보고서 제출용으로 대충 정했던 '기다려 홍보관!'이라는 어설픈 팀명에서 '씨앗을 뿌리는 사람들'로, 그러다 살롱드은하에서 이것저것 떠들다가 "너무 길다, 짧게 '씨앗들'로 가자" 해서 그냥 그렇게 됐다. 심지어 우린 서로를 잘 모르던 처음부터, 서로의 개인적인 미래에 대해 적극적인 관심조차 없었다. 졸업은 언제야? 취업은? 희망 직종은? 이런 건 몇 달이고 물어보지도 않고, 시시껄렁한 이야기나 야한 농담을 주고받으면서 요일을 정해 만나고 흩어졌다. 서로 어색하기도 했지만, 그 어색함을 풀어야 할 필요성도 느끼지 못한, 어디에서도 볼 수 없는 '초건전 4차원 농사집단'이었던 것이다.

서로의 미래에 대해서도 관심이 없는 우리가 씨앗들의 미래에 대해서 처음부터 계획적으로 진행했을 리 없다.

무단으로 토지를 점령한 마당에 미래라는 단어가 가당치도 않았다. 그러나 경작을 통해 수확물을 얻게 되고, 지원금도 받고, 지도교수님까지 얻게 되니 씨앗들의 미래에 대한 고민이 생기기 시작했다. 우리는 대부분(어떻게도 이렇게 모였는지) 대학생의 끝물, 군대도 다녀오고, 최고 학년이었다. 취업을 하게 되더라도, 대학원에 진학하더라도, 고려대학교에 자리를 틀고 앉아 있기란 사실상 불가능해 보였다. 그러나 우리가 학교를 떠나게 된다고 해서 힘들게 가꾸어온 텃밭을 황량한 노지로 버려지는 걸 보고만 있을 수는 없었다. 그것은 애초의 뜻과도 어긋나는, 무책임하고 부적절한 결과였다.

결국 고민 끝에 텃밭 관련 교양강좌를 개설하자는, 처음으로 가장 원대한 뜻을 품게 되면서 우리의 일 벌이기는 차츰 우리가 예상했던 규모를 넘어섰다. 그렇게 미친 듯이 1년을 보내고, 농한기와 함께 '씨앗들'의 존속 논란에 불이 붙었다. '씨앗들'을 사랑하는 우리는 현실에서 조금 빗겨간 잉여들이었지만, 유토피아에서 살아가는 이상주의자들은 못 되었기 때문이다. 브레이크가 걸리니 언제 출발할지를 몰랐다. 누가 남을지 누가 떠날지 모르고 서로만 바라봤다. 밭을 버려두긴 싫었다. 아직 만들어놓은 퇴비도 있고, 액비도 있다. 6월에 수확해야 하는 마늘과 밀도 심어 뒀다. 그래서 우린 자연스레 '씨앗들 2기'를 뽑기로 했다. 우리가 학교를 떠나도, 우리의 텃밭을 지켜나갈 사람들을 간절히 만나고 싶었다.

접근성을 고려해 고려대 학생들만을 대상으로 2기 모집 광고를 했다. 여러 학생들이 우리에게 연락을 해왔고, 문의를 해준 다른 학교 학생들도 그 노력이 가상해 함께하기로 했다. 씨앗들은 학내 동아리도 아니고, 연합동아리도 아니며, 친목모임도 아닌 이상한 프로젝트 그룹이었다. 이 이상한 모임에 찾아온 용감한 학생들을 열렬하게 환영했지만, 막상 2기와의 협동에는 번번이 어려움이 많았다. 아직 농사 경험이 없는 학생들에게 우리의 욕심으로 벌여온 일들을 짐 지우려 했기 때문이다. 농사에 대한 이해와 애정이 생기기도 전에,(아직 2기들 스스로 필요성을 느끼지 못한) 텃밭학교니 파머스마켓이니 하는 프로젝트들에 동참하기를 은근히 권해버렸다.

2기들은 많이 당황한 것 같았다. 포스터에는 분명히 함께 텃밭을 가꿀 사람들을 모집한다고 써놓고, 들어왔더니 이것저것 벌인 일들을 떠맡으라니! 우리가 많이 잘못 생

각했다. 새로운 사람들에게는 자유를 줘야 한다. 우리가
그랬던 것처럼 하고 싶은 것을 마음껏 벌이고 꿈꿀 수 있
는 자유. 우리는 2기들을 어떤 목적에서 뽑은 것인지, 이
것이 우리가 텃밭을 지속하는 방법인지 시행착오를 겪으
면서 고민했다. 다투기도 했다. 마음 상하기도 했다. 그러
다 술도 마시고, 다시 의지도 다졌다. 그러다 원점으로 돌
아가고, 다시 혼란스러워 도망가고 싶기도 했다.

　새로운 사람들은 2기라는 이름도 불편해했다. 그것
도 맞다. 우리가 뭐 잘났다고 1기가 될 수 있을까? 농한기
에 새로운 사람들이 대거 유입된 것도 이상했다. 할 일도
없는데 공허한 소리만 늘어놓는 꼴이었다. 지어본 적 없
는 농사계획을 짜고, 내용도 모르는 강좌 이야기를 지껄
이려니 답답했다. 작년에 활동한 우리가 설명하고 나머지
는 듣기만 하는 구도가 유지되고, 서로 쉽게 친해지지도
못했다. 그러다 다투고 누군 속상해서 울기도 하고, 누군
답답해 화내기도 했다. 덩치가 커지니 모든 사람들의 의
견을 하나로 모으는 게 쉽지 않았다. 그리고 깨달은 문제
는 2기라는 타이틀도, 새로운 사람들도, 지속해야 하는 텃
밭학교와 장터도 아니었다. 남들에게 떠넘기려 한 우리가

잘못이었다. 아무것도 모르는 사람들에게, 좋은 것이니 무조건 떠넘기고 도망가려 했던 우리가 초래한 안타까운 결과였다.

우리가 벌인 일이니 끝까지 책임지고 떠안아야 마땅하단 것은 아니다. 우리가 할 수 없다면 정리를 하고, 계속하고 싶다면 즐겁게 하면 되는데. 봉석은 교환학생이 되어 스웨덴으로 간다. 은하는 취업준비를 하고, 선미는 대학원에 간다. 수웅은 군대를 가고, 소은은 중국으로 교생실습을 간다. 이렇게 한순간에 모두 찢어진다는 두려움에 원래 우리의 목적을 잃고 어떻게든 막고 해결해야 한다고만 생각했나 보다. 아직 졸업을 안 한 지은과 나만 남아 둘이 뭘 어떻게 할 수 있겠냐는 생각에 애꿎은 사람들에게 강요를 했나 보다. 아무리 좋은 것이라도 상대방이 원하지 않는다면 길거리에서 날 붙잡고 시운치성을 드려야 한다며 뇌주지 않던 사람들과 무엇이 다를 수 있을까?

결국 우리는 각자가 하고 싶은 것을 하기로 했다. 텃밭 가꾸기에만 참여하고픈 새로운 사람들은 경작에만 참여하고, 레알텃밭학교를 운영하고픈 사람들은 새로운 기획단을 꾸리는 식으로. 대학텃밭은 동아리적 성격을 갖지

않고선 유지하기 어렵다. 졸업생들이 떠나면 땅은 버려질 수밖에 없어서 경작을 지속해줄 새로운 후배들이 필요하다. 어쨌든 그루터기텃밭을 지킬 새로운 사람들을 맞았으니 좋다. 고맙다. 게다가 이화여자대학교에 새로운 텃밭도 꾸렸다. 레알텃밭학교 수강생들이었던 이대생들과 지은이 주축이 되어 마련한 땅이었다. 처음 농기구가 없어, 숟가락으로 첫 삽을 떴다고 '스푼걸즈 텃밭'이란 이름을 붙였다. 우린 다 함께 그 땅을 찾아가 거름도 뿌리고, 두둑도 예쁘게 만들었다.

아직도 모른다. 대학텃밭이 살아남을 수 있을 것인가? 텃밭은 반려동물처럼 귀엽다고 키우다가 내버릴 수 없다. '씨앗들'이란 단체도 우리가 억지로 키운 게 아니라 스스로 성장한 '씨앗' 같은 모임이다. 오로지 분명한 것은 치열하게 고민하고, 실패도 즐겁게 넘어서겠단 마음뿐이다. 과연 우리가 법적인 소유권도 없이, 우리 마음대로 '우리의'라는 말을 갖다 붙이는 이 좁은 땅을, 성장하는 모임을 지켜낼 수 있긴 한 걸까?

2월 25일, 갑자기 청천벽력 같은 속보가 들어온다. 포크밭이 사라졌다. 시설부의 잠정적인 허락을 얻어 가꿔온 밭을 찍소리 못하고 빼앗긴다. 뭐 원래 우리의 것은 아니었으니 '빼앗긴단' 말은 어울리지 않지만, 우리 심정은 빼앗긴다는 말로도 표현할 수 없는 상실감으로 어쩔 줄 몰랐다. 누군가가 포크밭을 걸고넘어진다면 시설부가 여차여차해서 하는 말도 꺼내보려던, 모기 수백만 마리를 한 몸으로 받아내고, 각종 폐기물을 뒤집어 꺼낸, 바로 그 포크밭이다. 밥상 위의 김치 반찬을 키워낸, 야속한 서리로 이를 갈게 한, 그 포크밭이 학교의 원예계획에 따라 트랙터

의 이동통로로 정해졌다.

왜 우리는 이 척박한 대학에서 텃밭을 만들어야 하는 것일까? 학생이 학교의 주인이라지만, 학교를 이용하기 위해선 매번 허가를 받아야 한다. 작은 세미나 공간을 한 시간 빌리기 위해서도 관련 서류에 기입해야 할 것이 많은데, 동아리 방을 얻기 위해선 몇 년의 비준이 걸린다. 시끄러운 공연은 정해진 축제 기간에만 할 수 있고, 강의실에선 음식도 먹을 수 없는데다, 집회를 위해선 까다로운 절차를 거쳐야 한다.

물론 학교를 마음대로 이용할 수 있다면 미관이 훼손될 수도 있고, 풍기문란 사건이 일어날 수도 있겠지만, 일방적인 허가는 너무하다 싶은 생각이 들 때가 많다. 그보다 더 중요한 것은 학생들은 학교에 대한 강력한 권리가 있단 것이다. 바로 그 위대한 등록금 덕분에! 우리는 공짜로 학교를 다니는 게 아니다. 공부 잘한다고 누가 모셔다 놓은 것도 아니고, 남들 다 하는 대학생활 해보기 위해 학자금 대출받고 부모님 허리띠 졸라 피 같은 돈을 내고 들어왔다.

우리가 낸 등록금은 내 이름으로 현판을 단 강의실 만드는 데 쓰이는 학교 발전기금이 아니라, 수업료를 포함

한 학교 이용료라 할 수 있다. 그런데 하늘 높은 줄 모르고 치솟는 천만 원대의 등록금을 내고도 학교를 자유롭게 이용할 수 없다면 우리의 등록금은 다 어디에 사용되는 것일까? 학교의 적립금으로 고이 모셔지거나 이사장의 품위유지비로 쓰이고 있나? 학교에서 건물을 지어 올리며 내 이름으로 벽돌 한 장 올려준대도 조금도 달갑지 않다. 나 졸업한 다음에 새로운 건물 세워지는데 내가 왜 등록금을 내야 하나? 나 다니는 동안 관리해달라고 내는 돈인데.

우리가 봉급 받으며 통학하는 거였다면 학교의 무궁한 발전을 위해 피 나게 노력하겠지만, '내 돈' 내고 다니는 학생들은 넘치게 대접받아야 마땅하다. 그래서 학생들이 학교의 주인이다. 교수님들은 학생들을 위해 고용된 입장이고, 캠퍼스는 기업의 투자를 받기 위한 공간이 아니라 학생들이 자유롭게 이용할 수 있는 공간이다. 학교에 공사하는 건물이 있다면 건축비로 등록금을 더 올려야 하는 게 아니라, 해당 건물을 사용하지 못하게 되며 통행에도 어려움을 겪고 환경도 악화시켜 피해를 받는 학생들의 등록금을 깎아줘야 하는 것이 아닐까?

말도 안 되는 등록금을 내면서도, 고등교육에 대한 열망 때문이 아니라 대졸자 이력을 얻기 위해 다니는 비정한 대학. 사당오락의 입시지옥을 겪으면서 학생들이 기대한 것은 무엇일까? 내가 그렸던 대학은 고시서적을 펴놓고 먼지를 뒤집어 쓴 학생들의 모습이 아니라 도서관에서 우리가 왜, 어떤 공부를 하는지 이야기하는 풍경이었다. 취업 정보로 뒤덮인 학교 게시판이 아니라 넓은 캠퍼스 광장에 드러누워 젊음을 노래하는 낭만이었다. 피 마르는 학점전쟁이 아니라 손을 맞잡은 풋풋한 캠퍼스의 연인들이었다. "대학 오면 다 여자친구 생길 줄 알았지?"라는 농담이 우습지만 슬프다. 대학 온다고 여자친구 생기는 게 아니라 취업 잘하고 학점 좋아야 여자친구 만들 여유도 생긴다. 그러려면 또 여자친구 만날 시간이 없겠지만.

대학에서 텃밭을 하는 이유는, 우선 우리가 대학생이기 때문이다. 우리에게는 대학을 이용할 수 있는 자유로운 권리가 있다. 그리고 두 번째는, 캠퍼스가 넓기 때문이다. 서울시 지도를 보면 가장 넓은 면적들을 차지하고 있는 것이 대학이다. 가끔 녹색으로 칠해진 캠퍼스 지도를 보면 어디가 녹색이라는 건지 잘 모르겠지만, 이 넓은 땅에 우리가 가꿀 작은 텃밭 하나 못 만들까? 세 번째 이유는 사람들이 많기 때문이다. 나 혼자 내 집 앞마당에 가꾸는 텃밭과 많은 사람들이 이용하는 공간에 가꾸는 텃밭은 큰 차이가 있다. 나 혼자가 아니기에 전시적, 교육적, 사회적 효과까지 모두 누릴 수 있다.

포크밭 위로 트랙터의 깊고 균일한 바퀴자국이 여러 번 새겨졌다. 우리가 땅을 살리려 한 학기 동안 애썼던 그 흙은 먼지로 뒤덮일 것이고, 다시 이름 없는 땅으로 돌아갈 것이다. 하지만 포크밭을 잃었다고 해서 우리의 대학 텃밭이 끝난 것은 아니다. 우리의 목표는 대학을 텃밭으로 뒤덮는 급진적인 혁명이 아니다. 그러니 포기하지 말고 다른 땅을 찾으면 된다. 다시 씨앗을 심고, 김을 맬 작은 공간을 찾아, 반복되는 그 일을, 1년치 경작을 반복하고, 빼앗기더라도 다시 새 땅을 찾는 그 일을 하면 된다. 우리에겐 아직 그루터기텃밭이 남았다. 학교 곳곳을 탐방하여 옥상텃밭도 만들기로 했다. 노지텃밭보다야 못하겠지만, 또 새로운 즐거움이 있을 것이다.

학교는 너무 까칠하다. 광장에서 노래 한 곡 못 부르게

한다. '경영'을 가르치면서 장사는 못하게 한다. 씨앗도 못 뿌리고, 흙도 못 퍼보게 한다. 피 끓는 청춘 수천 명을 한데 모아놓고, 남들처럼 조용히 살라 하고 돈이나 더 내라 한다. 대학은 잘난 사람들을 모아놓는 곳이 아니라, 그들의 가능성을 실현시켜주는 곳이어야 한다. 학교의 금고를 채울 게 아니라 사회적 기여를 하는 젊은이들을 도와야 한다. 창창한 대학생들은 보수적인 학교의 가르침만을 따라야 하는 게 아니라 두 눈을 찌르고서라도 오이디푸스처럼 운명에 맞서 더 넓은 세상으로 걸어 나가야 한다.

20대는 무엇이든 할 수 있다. 하루가 빼곡히 짜여 있는 직장인이라면, 가족을 위해 돈을 벌어야 하는 가장이라면 하기 어려운 일들을 우리는 조금 더 쉽게 할 수 있다. 멀쩡한 대학의 땅을 파헤치는 무모한 일도 할 수 있다. 길거리에 나가 깡통을 놓고, 내가 만든 노래를 시끄럽게 연주할 수도 있다. 재미있는 어플을 만들어 CEO가 될 수도 있고, 어린아이들한테 공짜로 공부를 가르칠 수도 있다. 하고 싶은 것이면 무엇이든 하면 된다. 대학텃밭도 별것 아니다. 텃밭이 대학에 있는 것에 지나지 않는다. 쫓겨나고 괄시 받아도, 굳이 대학에 텃밭을 만드는 것이 우리를 즐겁게 하고 살아 있게 한다. 학교에 포장마차를 가져오고 싶고, 내가 만든 음식, 내가 입던 옷을 길거리에 나가 팔고 싶다. 그게 재밌다. 그게 세상을 바꿀 수 있으니까.

캠퍼스의
지속 가능한
삽질

이화여자대학교에 새로운 텃밭이 생겼다. 이름하여 '스푼걸즈 텃밭'! 고려대학교에서 열린 '2010 레알텃밭학교'에선 신기하게도 이화여대 수강생들이 많았다. 연합동아리를 좋아하는 여대생들의 특성 탓인지, 작물 재배를 좋아하는 여학생들이 공교롭게 이대생들이었던 건진 몰라도, 덕분에 이화여대에도 텃밭을 만들자는 이야기가 초반부터 나왔다. '씨앗들'이 고려대학교를 중심으로 활동하고 있지만, 구성원들은 고대, 이대, 서울대, 외대 학생들이었기 때문에, 고대에서만 텃밭을 꾸려야겠다는 생각은 애초부터 없었다. 땅을 넓히고 싶은 욕망은 항상 꿈틀대고 있었고, 이대에도 우리 땅을, 나아가서는 모든 대학에 텃밭 하나씩 만들었으면 하는 마음까지 품었다.

레알텃밭학교가 농사 지식만 알려주는 학원이 아니라, 텃밭을 좋아하는 학생들의 네트워크가 되기를 희망했다. 그리고 이대생인 지은이 주축이 되어 '이대 씨앗들'을 만들었다. 우선 레알텃밭학교의 이대 수강생들 중에 희망자를 모집했고, 나중엔 학교에 포스터를 게시해 더 많은 학생들이 모였다. 정식으로 시설부에 제안서를 제출해 땅까지 얻어내고, 시설과 온실부 아저씨들이 땅을 그늘지게 했던 나무들도 깔끔하게 쳐주었다.(이화여대의 따뜻한 지원에 진심으로 감동했다) 중앙도서관에서 음대를 지나 오르막을 올라가면 사람들의 발길이 적은 야트막한 언덕이 있다. 조심해서 언덕을 오르면 나무들을 두르고 동그랗게 앉은 스푼걸즈 텃밭이 보인다. 참으로 아늑하고 귀엽다.

'이대 씨앗들'은 스푼걸즈 텃밭 외에도 학교 곳곳에 게릴라식 수수께끼 경작법을 도입했다. 학문관 앞에는 감자, 포스코관 올라가는 계단 옆에는 오이, 학관 옆에는 토마토, 이런 식으로 학교 이곳저곳에 숨은그림찾기를 하듯

작물을 심기로 했다. 처음엔 호미를 준비하지 못해서 학생식당 스푼을 가져왔다. 숟가락 2/3 깊이로 손에 물집이 잡히도록 땅을 마구 파고, 돌을 둘러 영역 표시를 하는 것으로 끝! 과연 싹이 날지 모르겠지만, 만약 학교 여기저기 감자, 오이가 자란다면 사람들이 얼마나 신기해할까? 얼마나 놀랄까? 또 얼마나 귀여울까? 완전 기대되는 스푼걸즈의 깜찍 경작법!

스푼걸즈는 이화여대 생명평화채플 수업 때 종이컵 텃밭 배분 행사도 (교목실의 권유로) 진행하게 되었다. 이 수업은 일주일 동안 한 가지 주제로 15,000명 이화여대 학생들과 교직원들이 모두 참여하는 행사로, 재활용 종이컵에

상토를 담고 상추 모종을 심어 배부하는 것으로 기획했
다. 학교 주변의 커피 체인점에 제안서를 보내 종이컵을
수거해 작은 화분으로 활용하여 팬시용품처럼 갖고 싶은
상자텃밭을 만들었다. 자원을 재활용하고 작물도 직접 재
배하는 친환경적인 관심을 유도하고, 커피 체인점에서는
홍보 효과까지 기대할 수 있었다.

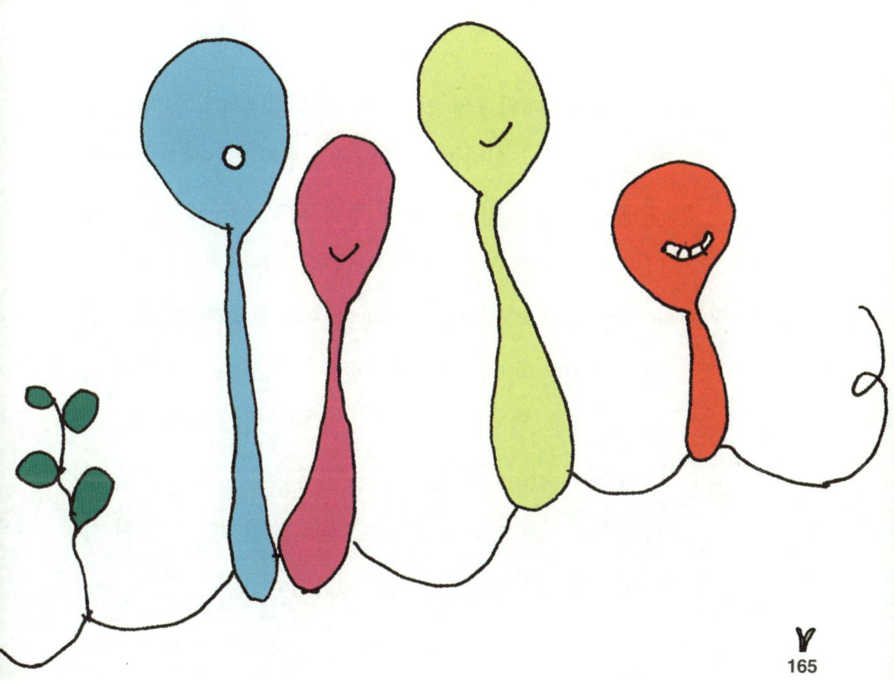

레알텃밭학교의 실습밭으로 예정했던 포크밭이 사라졌지만 대신 '씨앗들'에 이대생들이 늘어나고, 좋은 텃밭도 생긴 터라 두 번째 레알텃밭학교는 이화여자대학교에서 준비했다. 스푼걸즈 텃밭은 그루터기텃밭과는 달리 흙도 비옥하고 지렁이도 많이 산다. 스푼걸즈 텃밭 옆을 개간해 실습밭을 넓혔다. 아시아여성학센터에서 장소를 빌려주고, 농어촌공사에서 후원하고, 귀농운동본부가 함께한 2011년 봄, 레알텃밭학교가 이화여대에서 열렸다.(비약적으로 성장하고 있는 스푼걸즈는 현재 '씨앗들'의 주도세력으로 자리 잡고 있는 듯하다.)

서울시립대학교의 인문학부 학생회에서도 연락을 해 텃밭을 만들고 싶다며 도움을 요청했다. '씨앗들'은 시립대에 출동했다. 인문관 옆에 작은 화단을 사용하기로 했다며 학생회를 주축으로 많은 학생들이 모였다. 시립대의 토지가 서울시 소속이다 보니 아무 데나 개간했다가는 법에 저촉된다 하고, 재배한 작물을 사적으로 이용하면 안 된다고 하는 등 여러 가지 경고를 받았다고 한다. 토질도 좋지 않아 안타깝지만, 주로 신입생들이 모여 즐겁게 텃밭을 가꾸기로 했다니, 그것도 좋을 듯싶었다. 그늘진 화단에 땅콩만 심더라도 재미만 있으면 되지!

시립대뿐 아니라 서울대에서도 새로운 텃밭 만들기를 계획하고, 수웅과 서울대 환경생태동아리 '씨올' 구성원들이 중심이 되어 지은이 이대에 제출한 제안서를 수정해 학교 시설과를 찾았다. 그러나 시설과에서는 교내의 건물만 관리할 뿐이라며 학술림을 찾아가길 권했다. 농대 경비실에 학술림의 위치를 물어보니 학술림은 잘 모르겠고 저 뒤에 조경을 관리하는 컨테이너가 있다며 찾아가 보라고 한다. 외떨어진 컨테이너 문을 열었는데, 안쪽에 얇은 '메리야스' 바람에 '배바지'를 입은 아저씨 한 분이 쉬고 계신다. 이분이 담당자인지는 모르겠지만, 어쨌든 아저씨께 혹시 텃밭을 사용할 곳이 없겠느냐 물었는데, 버려진 수영장 쪽에 농대에서 온실을 만들려던 장소가 있다며 그곳에 가보라 하신다. 그리고 찾아간 학술림. 직원들이 주임님이 안 계시니 전화를 해보겠다고 한다. 그런데 전화를 받은 주임님은 "아까 내가 학생들한테 얘기 다했는데?" 하신다. '메리야스' 바람의 그 아저씨가 학술림 주임님이셨던 것이다!

그렇게 학술림에서 좋은 땅을 소개받아 텃밭을 만들었다. 사범대학을 지나 노천강당 뒤편으로 올라가면 나무 울타리로 가려진 텃밭이 나온다. 워낙 학교가 높은 산 속

에 있어선지 흙도 진한 검은색이고 공기도 맑다. 버려진 캐비닛을 주워다가 농기구를 넣고, 씨앗도 줄지어 심어놓았더니 금방 동그란 새싹이 돋았다.

이 밖에도 경희대, 국민대 등에서도 연락이 와 함께 대학텃밭 만들기를 계획했다. 서울대는 지도교수님까지 모셨다 하고, 최근에는 한밭대와도 연이 닿아 카페에 '한밭대 게시판'도 신설되었다. 연세대와도 새로운 텃밭 만들기를 추진하고 있는데, '씨앗들'의 새로운 새력으로 떠오를 조짐이 보인다. '씨앗들 카페'에는 텃밭마다 경작 게시판을 추가하다 보니, 메뉴도 많아졌고 회원 수도 대폭 늘어났다. 지금은 함께하는 인원이 너무 많아져 아직 얼굴도 보지 못한 학생들도 많다. 긍정적이고 즐거운 성과다.

대학에 텃밭을 만드는 방법을 간략하게 소개하자면
STEP 1. 텃밭 부지찾기
①사방이 트여 있는 곳이 좋고, 직사광선이 하루에 다섯 시간 이상 드는 곳을 찾는다.(방향으로 따지면 동남쪽이 최고.) ②호미로 조금 파보고 토양이 비옥한 곳을 찾는다. 모래와 미사, 진흙이 적절히 섞여 있고 색이 검을수록 좋다.(토양 검사를 받아보는 것을 적극 추천!) ③나무 아래와 같은

그늘진 곳은 피하고, 배수로와 경사 정도를 확인한다.

STEP 2. 학교의 허가 받기

학교의 시설부에 자세한 제안서를 제출해본다. 실패하면 무단으로 경작한다.(게릴라 농법도 가능하다)

STEP 3. 땅 만들기

①삽질로 30cm 내외의 흙을 뒤엎는다. 큰 돌들을 골라낸다. ②작물은 토양을 산성화시키기 때문에 토양을 중성화시키는 석회를 넣는다.(2년에 1회 정도) 석회는 학교 근처의 숯불갈비집에서 사용한 숯을 이용할 수 있다. 석회질을 넣으면 1주일 정도 시간을 둔다. ③퇴비를 넣는다. 다섯 평에 30킬로그램 정도 뿌려주면 된다.(퇴비를 너무 많이 뿌리면 작물은 비만하게 된다) 2주 정도 시간을 둔다.

STEP 4. 작물을 심는다.

총 4주의 과정으로 어디에나 텃밭을 만들 수 있다. 지금 생긴 텃밭들은 다단계나 다름없다. 지은과 수웅이 가지를 쳐 만들었다. 점점 더 많은 대학텃밭이 생겨나 우리가 대학텃밭 1세대가 되고 싶다. 그러려면 더 많은 사람들이 가지를 쳐 2세대, 3세대가 되어야 한다. 더 크게 성장해 사방으로 가지를 친 무시무시한 다단계를 만들고 싶다. 그럼 우리는 즐거운 품앗이를 다닐 수 있을 것이다. 이대에서 넓게 김을 매는 날엔 너도나도 찾아가 일을 돕고, 고대에서 여름작물을 수확하는 날엔 다 같이 모여 잔치를 벌일 수도 있을 것이다. 그럼 어디 작물이 더 맛있다며 품평도 하고, 누구네 텃밭은 어떻게 경작하는지 가서 관찰하기도 하며, 더 즐거운 농사판을 벌일 수 있을 것이다. 얼른 다른 대학에 품앗이를 나가고 싶다. 가서 잘생긴 남학생들도 보고, 낯선 캠퍼스에서 막걸리도 마셔대고 싶다.

캠퍼스에   녹색혁명을~!

삽질하고 호미질한
만큼 세상이 보인다

채식 '지향'자를 위한

변명

채식주의자라고 하면 어떤 이미지가 떠오르는가? 삐쩍 마른 체구에 홀쭉한 두 볼, 예민한 성격에 풀만 뜯어 먹는 안쓰러운 모습? 그렇다면 채식주의자에 대한 당신의 이미지를 새롭게 바꿔드리고 싶다.

나는 2009년 여름에, 채식을 하겠다고 마음먹었다. 누구나 내 얘길 들으면 내가 어떤 계기로 채식을 결심하게 되었는지 묻는다. 하지만 정말 이유가 없다. 어느 날 끊어버리는 담배처럼, 그게 좋을 것 같았다. 황폐하게 썩어버린 폐의 몰골을 보고 금연을 결심하는 경우가 의외로 많

지 않은 것처럼, 소의 잔인한 도살 장면이라든가, 지구 온난화의 결정적인 증거를 포착해서가 아니라, 어느 날 요가학원을 등록할 때처럼, 쉽게 시작했다.

음식물 쓰레기를 버리는 게 지독히도 아까웠다. 과거에는 '음식물 쓰레기'라는 말이 없었다고 한다. 남은 음식은 가축에게 먹이거나 퇴비로 만들어서 사용하면 됐으니까. 직접 음식을 해보면 양념을 만들기 위해 다지는 마늘과 채 썬 고추에도 섬세한 손길이 닿아 있다는 것을 알게 된다. 직접 요리를 해 먹을 땐 접시에 남겨진 파 조각이나 밥풀 몇 개도 그렇게 아까워, 남들은 날 가련히 여길지라도, 꾸역꾸역 긁어 먹게 된다. 그래서 음식을 하는 엄마들은 식구들이 남긴 음식을 싹싹 한데 모아 비벼 먹나 보다. 남겨진 고기 조각을 보면 죽어간 이름 모를 소, 돼지 때문에 죄책감이 들었다. 이리 쉽게 버리려고 그들을 도살했다면 심심해서 내 손으로 그들에게 총질을 한 것과 다름 없다는 생각이 들었다.

어느 날 사람들과 호사스런 식사를 하는데, 각자가 남긴 고기 조각들을 모은다면 작은 송아지 한 마리는 나올 것 같았다. 그래서 '나라도 이제 고기를 시키지 말아야겠다. 저 사람들이 남긴 것을 모아 먹을지언정, 나를 위해 고

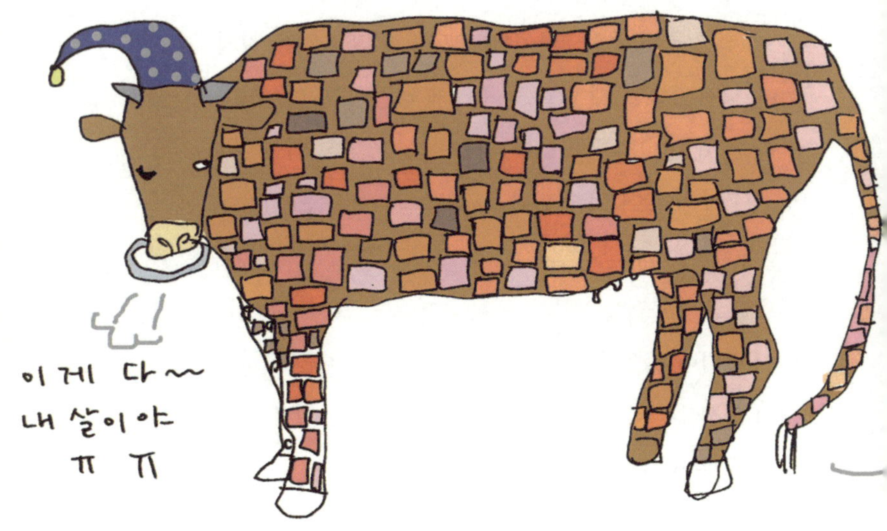

이게 다~~
내 살이야
ㅠ ㅠ

기를 주문하진 말아야겠다' 하는 생각이 들었다. 그래서 나의 채식은 고기에 대한 극단적인 거부가 아니라, 고기를 자발적으로 소비하던 입장에서 차근차근 벗어나려는 시도에서부터 시작됐다. 남들이 뚝배기불고기를 시킬 때 산채비빔밥을 시켜 먹는 정도로 큰 괴로움 없이, 아주 쉽게.

대의를 위해 시작한 것은 아니었는데, 사람들에게 조금씩 내 입장을 설명하다 보니 왜 그래야 되냐는 질문에 대한 논리적인 근거를 만들 필요가 있었다.(농사를 짓고 있는 내 모습에 대한 많은 이들의 질문 공세와 흡사하다) 그래서 그때부터 자의로, 타의로 책도 읽고 공부를 했다. 나의 자극을 위한 공부가 아니라 사람들에게 대답하기 위해서였다. 시중에 나와 있는 채식에 대한 좋은 책들은, 나에게 수용하기도 벅찬 양의 근거들을 제시했다. 여기에 다 설명하기 모자랄 정도로 다양한 자료들이 있는데, 그중 내가 자주 드는 현실적인 예를 몇 가지 소개하겠다.

1. 지구상에는 13억 마리의 소가 있는데,(아시는 바와 같이, 소는 풀을 뜯어 먹고 사는 초식동물인데도) 대부분은 좁은 우리에 갇혀 풀이 아닌 곡식을 먹으며 사육된다.

2. 가축이 소비하는 곡물의 양은 전체의 40%에 달하는
데, 반대로 곡식을 먹지 못해 굶어 죽는 사람은 매년
6천만 명에 달한다.

3. 우리가 소비하는 1인분의 고기와 우유 한 잔을 위해
소는 22인분의 곡식을 먹어야 한다.

4. 우리가 햄버거 한 개를 먹으면 목축을 위한 열대림
4.95m²(1.5평)가 파괴되는데, 매년 남한 땅 크기의 목
초지가 과도한 방목으로 사막화되고 있다. 미국인
들은 하루에 1,728만 개의 햄버거를 먹고 있는데, 그
결과 하루에 85,686m²(2,592만 평)의 열대림이 파괴
된다.

5. 소들은 오존층을 파괴하는 매탄가스의 15%를 배출
한다. 지구온난화로 북극곰은 디디고 설 얼음이 없어
멸종 위기에 처했고, 아름다운 몰디브는 100년 안에
가라앉는다.

우리가 의식하지 못하는 사이에 거대 기업이 '우리의
먹을거리'라는 명목으로 잔인하게 소를 사육하고 지구를
위태롭게 한다. 작은 나비의 날갯짓 같은 햄버거 한 개가
현재 우리가 겪고 있는 무섭고 거대한 자연재해를 일으키

고 있다.

나는 수요가 줄면 공급도 줄게 될 것이라는 단순한 논리로, 관련 글을 인터넷에 올리기 시작했다. 100명이 일주일에 햄버거 한 개씩만 덜 사 먹는다면 한 달에 열대림 1,983m²(600평)가 사라지지 않고, 소에게 사료를 먹이지 않고 풀만으로 사육한다면 그 곡식은 기아로 사망하는 6천만 명을 살릴 수 있다. 나 혼자의 작은 실천이 큰 변화를 가져오긴 어렵겠지만, 함께 생각하는 사람이 점점 많아지면 가능할 것이라 믿는다. 고기를 배척해 정육업계의 위기를 불러오자는 것이 아니라, 일주일에 하루씩만 요일을 정해 의식적으로 고기를 먹지 않는 것으로도 변화를 만들 수 있다는 것을 이야기하고 싶었다.

누구는 그럼 채소는 왜 먹어도 되냐, 나더러 물과 소금만 먹고 살라 반박한다. 그 말도 반은 맞다. 채소도 생명이 있다. 채소는 무시하고 짐승은 존중해야 된다는 것은 아니다. 양파 한 개를 수확하는 데에도 오랜 시간과 애정이 필요하다. 그렇기에 감사하게 먹어야 한다. '고기를 먹으면 나쁜 놈'이란 게 아니라, 죽은 소를 위해서도 똑같이 감사하는 마음이 필요하단 것이다. 채식을 시작하진 않아도,

이런 사실을 인지하는 것만으로도 먹는 것에 가치와 의미를 둘 수 있다.

나와 농사를 함께 짓는 수웅과 지은도 채식을 실천하는 마음씨 좋은 사람들이다. 사실 우리의 실제 채식 라이프를 이야기한다면 '채식주의자'라는 타이틀과는 전혀 다른, '채식지향주의자'라 말할 수 있다.(채식주의자들에게 욕먹을 가능성이 농후하다.) 가끔씩 해산물도 먹고, 육수도 먹는, 사이비 채식주의자들이기 때문이다. 채식을 한다니 걱정하시는 부모님에 맞서서 '고기결사반대', '고기극구사절' 팻말 들고 시위하는 진짜 채식주의자들이 아니라, 좋게 말하면 유연하게 타협하는 현실적, 실상은 번지르르한 말만 늘어놓는 엉터리 채식주의자들이다.

진짜 치킨이 먹고 싶어 죽을 것 같다면 영원히 그 행복을 포기하기를 스스로에게 강요하지 않는다. 그렇게 스스로에게 엄격하게 굴면 오히려 쉽게 '채식을 때려치울' 수 있다. 내가 지금까지 '채식' 타이틀을 내 마음대로 유지하고 있는 비결은, 채식으로 스스로를 괴롭게 하는 것이 아니라, 스스로가 기쁘기에 채식하기 때문이다. 보람차고 즐거우니 채식을 하고, 죽을 만큼 괴롭고 눈앞에서 돈가스가 날아다니며 스스로를 고문한다면 잠깐은 방심해도 된다. 나는 돈가스나 치킨 마니아가 아니었기 때문에 쉽게 시작했지만, 삼겹살을 매 끼니 챙겨 먹는 누군가에게 그것을 빼앗는다면 내게 쌀밥 먹지 말고 빵으로 연명하라고 하는 것처럼 괴로울 것이다. 그건 건강한 채식이 아니라고 생각한다.

안주를 좋아하는 지은이 가끔 치킨을 먹고 와서는, 스스로 자격 없다고 좌절한다. 하지만 그렇다고 채식을 때려치울 것이 아니라 내일부터 채식 위주의 식단을 다시 시작하면 된다고 함께 응원한다. 갈비집에서 솔솔 풍겨오는 냄새가 나를 미치도록 유혹한다면 나의 생일날만은 고기를 먹는 사치를 누리게 허락하면 된다. 그것도 어렵다면 한 달에 한 번, 감사히 고기를 먹는 시간을 가져도 된다. 아니 그것도 어렵다면 일주일에 한 번만 고기가 없는 식단을 선택해도 좋다.

우리가 명함도 못 내미는, 진짜 대단한 채식주의자들이 있다. 유제품도 먹지 않는 비건(vegan. 동물성 단백질을 섭취하지 않는 완전한 채식주의자)들은, 버터나 우유가 들어간 빵, 벌꿀도 먹지 않고, 동물 실험을 하는 화장품까지 사용하지 않는다. 그 대단한 신념의 발끝도 못 따라가겠지만, 그렇다고 우리 같은 사이비 채식'주의'자들이 그들보다 더 나쁜 놈이 되는 것은 아니라 믿는다. 최선을 다해 내 먹을 것을 선택하고, 정성을 다해 먹고, 감사한 마음을 갖는 것이 진실로 중요하다.

우리 같은 '허접 채식주의자'를 본받을 필요는 없지만, 이렇게 허술하게 지내면서도 스스로 채식주의자라 떠들고 다니는 사람들도 있다고, 누군가에게 쉽게 채식을 이해하고 시작할 수 있는 만만한 예시가 되었으면 좋겠다. 고기가 들어간 걸 먹었다 좌절하지 말고, 고기를 먹지 않는 스스로의 의식적 행동을 대견하게 여기고 칭찬해주면 된다. 선택하지 않는 단순한 행동이 의미 있는 즐거움을 준다. 거리에 나가 비폭력 시위를 하지 않아도 할 수 있는, 생명에 대한 평화적인 저항을 할 수 있다.

농경사회였던 우리나라의 전통 한식에는 고기를 이용한 반찬이 거의 없다. 귀한 고기요리는 양반집에서, 잔칫날 먹는 대단한 음식이었다. 우리는 단지 길거리에 널린 햄버거를 무의식적으로 먹지 않고, 집에서 차려 먹는 자연스러운 채식 위주 건강한 식단을 추구하면 된다. 이제 더 이상 당신은 앙상한 모습의 채식주의자들을 떠올릴 필

요가 없다. 이렇게 나태하게 채식을 이야기하는, '허접' 채
식'지향'자들이 있지 않은가!

음식에
대한

예의

초등학교 때 배운, '의식주'라는 요상한 단어가 이렇게 중요한 말일 줄은 그땐 미처 몰랐다. 인간이 살아가는 데 의식주가 꼭 필요하다는데, 그럼 어딘가에 발가벗은 채로 굶고 있는 사람도 있다는 말이야? 설마 그럴 리가. '인의예지'나 '홍익인간'처럼, '의식주'도 교과서에 나오는 그럴듯한 말이라고 생각했다. 이를 위해 투쟁해야 하는 현실적이고 기본적인 가치라는 것을, 열 살의 나는 조금도 몰랐다.

어릴 적 읽은 전래 동화에서, 어머니는 창호지 안으로

불을 밝히고 밤이 지나도록 베틀을 돌려 옷감을 짰다. 버선이 구멍 나면 기워서 신고, 옷이 헤지면 덧대어 입었다. 귀하게 짠 옷감은 재산이 되어 물물교환 때 한 필에 얼마 하는 돈으로 쓰였다. 하지만 오늘날엔 '의'를 소중히 여기는 사람이 거의 없다. 만 원이면 티셔츠 한두 장을 구입할 수 있고, '단벌신사'라는 말이 무슨 뜻인지 모르게, 옷장에는 수십 가지 옷들이 걸려 있다. 몇 번 입고 맘에 안 드는 옷은 쉽게 버리고, 유행하는 새로운 옷을 사는 게 자연스럽다. '트렌디'한 음식 먹는다고 부러움 사긴 어려우니 '트렌디'한 옷 사는 데 투자해줘야 폼 나게 살 수가 있다.

'주'를 위해 투쟁하는 사람은 아직도 많다. 현대인들은 방 한 칸 얻으려 수십 년 간 돈을 모은다. 월세에서 전세로, 전세에서 집주인이 되려면 중년까지 열심히 일해야 한다. 강제철거를 당하는 사람들의 마음은 어떨까? '의식주'를 변변하게 갖추지 못했다면 인간적인 삶을 꿈꾸기 어려운데. 부모님이 물려주신 방 한 칸 있다면 남들보다 십수 년은 앞서게 된다. 집값은 왜 이리 비싼지, 연예인들은 수백억 대를 호가하는 집에 산다는데, 도대체 어떻게 생긴 집구석인지 들어가 보고 싶다. 학교 앞에 자취하려면 40~50만 원의 월세를 내야 하는데, 한 달 내내 아르바이트 열심히 뛰어 번 돈을 몽땅 집주인에게 전달해야 하다니. 다시 태어나면 임대인으로 태어나게 해주세요!

'식'은 놀랍도록 무시당하고 있다. 옷은 하루에 한 번만 갈아입으면 되고, 집은 평생 많아봤자 대여섯 곳에 살아볼 수 있지만, 음식은 하루에 세 끼, 일 년에 천 끼 이상, 평생 7~8만 번을 선택하거나 조리해서 먹어야 한다. 그 대단한 숫자를, 우리는 아무렇게나 처리한다. "뭐 먹을래?" 하면 "아무거나"라고 대답한다. "옷 뭐 살래?" 하면 "아무거나"라든가, "어디서 살래?"라는 질문에 "아무 데나"라든가, "누구랑 사귈래?" 하면 "아무나"라고 대답하는 사람은 없는데. 도대체 왜 음식은 '아무거나' 먹는 거야?

세상엔 정크푸드라는, 번역하면 '쓰레기 음식'들이 널려 있다. 입에 풀칠하기도 바쁜 서민들은 5천 원짜리 음식과 2만 원짜리 음식 중에, 당연히 5천 원짜리 음식을 선택한다. 먹을 것을 아껴서 좋은 것 사야지. 그런데 500만 원짜리 핸드백을 드나, 3만 원짜리 천가방을 드나, 내 생명엔 지장 없는데, 돈 아긴다고 3천 원짜리 햄버거만 먹으면 몸이 상한다. 그런데도 먹을 것 아껴서 비싼 가방 산다. 왜 이렇게 먹을 것을 무시하는 걸까? 이상하게도 수십만 원짜리 옷을 걸치면 부러움 받는데, 수십만 원짜리 레스토랑에서 식사하면 손가락질 당한다.

우리가 싸고 몸에 좋지 않은 음식을 선택하는 데에는, 내가 음식을 무시해서만이 아니라 그 환경적인 영향도 크다. 우리 주위에 몸에 좋은 건강식을 합리적인 가격에 파는 식당은 드물다. 바깥생활을 많이 하는 우리가 집에서 음식을 해 먹을 일은 거의 없다. 게다가 우리는 자극적인 음식에 길들여졌다. MSG는 너무 맛있다. 이렇게 싸고 맛있는 음식이 있는데, 왜 비싸고 내 입맛에 맞지 않는 음식을 선택하겠는가. 우리는 그저 음식에 사치를 부리지 않을 뿐이다.

레알텃밭학교는 대학 수업이 끝나고, 직장 업무가 끝나는 저녁에 시작할 수밖에 없었다. 그러나 늦은 밤엔 농사 실습을 진행할 수 없어서 이슬아슬한 5시 30분에 수업을 시작했다. 때문에 많은 사람들이 식사를 거르고 수업에 참가했다. 첫 강의 때는 떡을 돌렸지만, 매번 식사를 챙겨드릴 경제적 능력이 모자라 함께 굶은 채 수업을 진행했다. 그리고 매 수업이 끝날 때마다 수강생들의 친목을 다지고 함께하자는 좋은 취지의 뒤풀이를 했다. 뒤풀이

장소는 레알텃밭학교가 열리는 고려대학교 주변에서 선택해야 했는데, 주로 근처의 주점을 이용하게 되었다.

하지만 이 얼마나 아이러니한지. 수업시간에는 농사를 배우고 먹을거리 위기와 로컬푸드를 이야기하면서, 수업이 끝나고는 다 함께 근처 호프집에 찾아가 또 MSG에 잔뜩 절이고, 몸에 좋지 않은 식재료들을 이용한 음식을 먹는 것이다. 레알텃밭학교의 수강생들 중 열 명가량이 채식을 하고 있었는데, 그들에겐 제대로 음식을 먹을 수조차 없는 불편한 자리로 만들고 말았다. 아무리 건강한 먹을거리를 공부하면 뭐하나. 정작 내가 먹는 음식은 건강하지 못한 음식들뿐인데. 게다가 수업을 개최하는 입장에서, 이율배반적인 상황을 주도하는 우리의 입장은 어떤가? 행동이 뒤따르지 않는, 공허한 수업을 이끌게 되다니. 이건 아니잖아!

우리가 농사라는, 먹을거리를 생산하는 실습과 공부를 하고 있으니 우리가 키운 작물을 직접 먹는 것이 가장 좋겠지만, 생산까지 매우 긴 시간이 필요하고, 다 함께 먹기엔 그 양도 턱없이 부족하다. 그래서 내린 결정. 포트락(Potluck. 각자 먹을 것을 가져와 나눠 먹는 식사)을 하자. 집에서 건강한 먹을거리를 싸 와 함께 나누어 먹자. 감자나 떡, 집에서 만든 밥이나 반찬을 가져오자. 먹을 수 있는 음식도 다양해지고, 배운 대로 실천할 수도 있다. 3강부터는 수업 시작 전에 포트락 파티를 하기로 했다.

당일이 되자, 적절한 대안이라는 생각에, 기대가 컸다. 누가 어떤 음식을 싸 올까. 서로가 싸 온 음식을 소개하고 함께 먹으면 더 빨리 친해질 수도 있겠다. 그루터기텃밭 앞에서 신문지를 깔고 사람들을 기다렸다. 도착한 사람들은 씨앗들 멤버들과 수강생 몇 명. 예상보다 적은 인원에다가, 대부분 집에서 싸 온 건강한 음식이 아니라 학교 앞에서 산 음식들을 가져왔다. 아, 그럴 수 있겠다. 수강생들 중에는 자취하는 학생들이 많다. 자취하는 학생들 중에 직접 밥을 해 먹는 이들도 드물고, 그러니 집에 준비된 반찬이나 재료가 있을 턱이 없다. 게다가 아침부터 도시락을 싸 와 5시까지 가지고 다니는 게 얼마나 귀찮을까! 학교 앞 제과점에서 산 샌드위치나 슈퍼에서 산 과자를 내놓는 것이 각자에겐 나름대로 최선이었다는 사실을 깨달았다. 우리의 완벽한 오산. 그렇게 우리의 포트락은 단 한 번의 시도로 끝을 냈다. 너무도 아쉬웠지만, 현실과 타협하고 강의가 끝나자 또다시 근처 주점을 찾았다.

　우리의 건강한 먹을거리에 대한 실천은 단 한 번뿐이었던 포트락과 함께 사라진 것만은 아니다. 3강 때 솎아준 무와 열무를 가지고, 은하와 지은이 물김치를 담가 4강 때 가져왔다. 비건 채식주의자들을 위해 젓갈을 쓰지 않고 만든 물김치도 준비하고, 보리밥까지 성의 있게 싸 왔다. 그리고 쉬는 시간에 수강생들과 함께 어울려 맛있게 비빔밥을 시식했다. 우리가 키운 작물들로 만들었기 때문인지 정말 고소하고 맛있었다. 역시 은하와 지은은 센스 짱! 다음 레알텃밭학교에서는 꼭 포트락을 제대로 실천하자고 다짐한다. 준비해 온 학생들이 얼마나 있든지 간에, 포트락이라는 어색한 이름의 이벤트를 정착시켜야겠다고, 정다운 이름으로 바꿔 함께해야겠다고 계획했다.(하지만 아직도 본격적으로 실행하지는 못하고 있다.)

　우리가 모여 회의할 때는, '전주식당'이라는 단골 식당을 찾는다. 농기구를 메고 지저분하게 찾아가는 별난 모습에 우리를 알아보게 된 식당 아주머니는, 때마다 맛있는 반찬을 조금씩 더 내주신다. 얼굴 아는 손님들에게 엉망으로 만든 음식을 내주실 리 없다고 믿고, 즐겁게 찾아간다. 우리는 농부와도 친구가 되고, 식당 아주머니와도 친구가 되어 서로를 믿는 건강한 식단을 만들어야 한다.

엄마가 식구들에게 건강하지 못한 식탁을 차려주실 리 없다. 뿐만 아니라 엄마는 우리 집에 놀러 온 친구들에게도 똑같이 정성스런 음식을 내주신다. 하지만 얼굴을 알지 못하는 누군가가 먹을 음식을 기계적으로 만드는 사람들은, 먹을 사람을 위해 음식을 만들지 못한다. 헬리콥터로 농약을 뿌리며 유전자변형 작물을 키우는 해외의 부자 농부들은, 자기 식구들과 얼굴 아는 이웃을 위한 음식은 따로 재배한다고 한다. 자기를 찾아온 친구들에겐 따로 재배한 귀한 작물을 내어줄 것이다. 모르는 사람들의 글에는 잔인한 악플을 달 수 있지만, 친구에게는 미운 소리 한 번 못하는 것처럼, 서로를 알게 되면 함부로 대할 수 없기 때문이다.

나는 '의식주'를 정말 중요하게 여기며 살아가고 싶다. 그 대단한 가치 때문에 죽도록 고생하면서 살겠다는 게 아니라 그 대단한 가치를 평생, 매순간 소중히 여기며 살고 싶다. 우리 엄마가 만든 요리는 밖에서 사 먹는 음식보다 맛있고, 내 친구가 주는 선물은 무엇보다 소중하다. 서로 책임감과 신뢰로 이어져 있기 때문이다. 음식점 간판에 누구누구 할머니 족발집이라며 할머니 사진이 커다랗

희생에
감사드립니다.

게 붙어 있다. 검게 그을린 어느 농부의 사진이 찍혀 있는 쌀 포대가 있다. 자신의 얼굴과 이름을 걸고, 책임감 있게 음식을 생산하고 조리하겠다는 뜻일 테다. 교수님께 "지리교육학과 김소은입니다"로 먼저 소속과 이름을 밝히고 질문을 드리는 것처럼, 음식에도 예의를 갖춰야 한다. 스스로의 얼굴과 이름을 밝히는 따뜻한 태도로, 음식을 선택하고 소비해야 한다. 그래서 스물다섯 살의 나는 음식점의 아주머니를 "이모"로 부르며, 가족처럼 맛있는 식사를 부탁하게 된다. 열 살의 내가 "농부 아저씨, 감사히 먹겠습니다!"라고 외치며 밥숟가락을 떴던 것처럼.

단양쑥부쟁이의 행복

개학을 앞둔 여름, 김철규 교수님의 권유로 은하, 소은, 수웅, 지은과 함께 4대강 답사 길에 올랐다. 우리가 주도적으로 간 것은 아니고, 고려대학교 총학생회가 버스를 빌려 답사를 떠나는 데 꼽사리를 붙었다. 그런 주제에 뭐라고 버스 맨 뒷자리를 점거해서는, 앞에서 열심히 4대강의 심각한 훼손을 이야기하시는 교수님들의 설명을 흘려들었다. 교수님 대여섯 분과 학생회 30여 명 그리고 우리는 각자 자면서, 떠들면서, 공부하면서 낙동강으로 향했다.

도착한 낙동강 내성천에 다리를 걷고 들어갔다. 차다.

194

청량하고 차가운 감촉에 다들 비명을 지르며 웃었다. 친구들과 강물에 들어오니 어린애가 된 기분이다. 소은은 김철규 교수님께 가위바위보 내기를 하자며 지는 사람이 깊은 물로 한 걸음씩 내딛는 놀이를 한다. 소은에게 번번이 지던 교수님은 무릎 위까지 강 깊게 들어가 걷은 바지가 다 젖었다. 왜 소은이 계속 이기는 거냐며 한판 더하자고 껄껄 웃으시는 모습이 정겹다. 발아래 딛는 모래들이 금방금방 빠져나간다. 발목과 종아리를 작은 모래들이 간지럽게 지나간다. 초등학교 때 배운 모래의 자정작용을 이제야 진짜 배운다. 기분이 좋다.

모래 바닥에 새들의 발자국이 선명하게 남아 있다. 그 위에 나와 친구의 발자국이 찍힌다. 새들이 어디서 가만히 우리를 지켜보고 있을 것만 같다. 만나서 손잡고 놀 수도 있을 것처럼 친근하다. 여흥을 즐기겠다고 모래강 한가운데서 막걸리를 마셨다. 수원대 이원영 교수님이 직접 북어를 찢어 주신다. 맛있다고 받아 마시고, 좋다고 웃어댄다. 강 가운데서 누가 누군지 상관없이 뒤엉켜 막걸리를 마시니 처음 취한 술처럼 묘한 기분이 마음을 휘감는다. 며칠만 더 있으면 「어부사시사」라도 읊을 기세다.

강에서 나와 찾아간 '삼강주막'. 나루를 지나는, 교과서에 등장하던 바로 그 보부상들이 요기를 위해 거쳐 가던, 최후의 주막이다. 상다리가 부러지도록 정겨운 안주들이 나왔다. 배추전과 도토리묵, 두부에 칼국수까지 막걸리와 어울려 배부르게 먹는다. 술상을 마주하고 사람들과 서로 소개를 나누었다. 우리는 "김철규 교수님을 따라온, 농사짓는 학생들입니다" 하고 쭈뼛쭈뼛 말했다. 서로 또 한 잔씩 건네며 반가운 환대를 나눈다. 한 상을 다 비우고도 더 먹었다. 막걸리에 기분이 구수하다.

남한강에서는 사라진 바위늪구비를 보았다. 이미 사진 속에서 보았던 많은 것들이 사라졌다. 다치고 헤집어진 강은 말이 없다. 그저 내버려둔다. 이포보에서는 고공농성 중인 환경운동가 세 분을 만났다. 40~50명이 내지르는 소리에도 닿기 힘든, 높고 먼 곳에 계셨다. 환경운동은 현재 자신의 삶과 직접적인 연관이 적게 느껴져, 그 중요성에도 불구하고 많은 사람들이 먼 일로만 느끼는 게 사실이다. 나조차도 스스로의 생활 속에서 환경을 일순위로 여기기가 쉽지 않다. 강을 지키기 위해 애쓰는 모습이, 그 결과에 상관없이 진심으로 대단하게 느껴진다.

이포보 여기저기에 걸린 현수막은 서로 다른 말을 하

며 싸운다. 누구는 4대강 사업에 찬성한다, 누구는 반대한다. 그 모습은 어쩌면 당연하다. '만인의 만인에 대한 투쟁'은 자연상태에서도, 현대와 같은 개인주의 사회에서도 끝없이 지속된다. 원시시대라면 물고 뜯으며 그야말로 원초적으로 싸우겠지만, 요즘 같은 시대에는 자신의 이익을 위해 끝없이 편을 가르고, 지지하고, 반대하고, 농성하고 줄을 선다. 당연하게 주민들은 자신들의 번영을 위해, 건설업체는 기업의 성장을 위해, 그 누구는 그들만의 이익을 위해 찬성하고 반대할 것이다. 환경운동가들과 대화를 시도하자 신기하게도 어디선가 확성기를 통해 통신 방해음이 들려온다. "외지인들은 나가라"는 반복적이고 왜곡된 기계음을 들으니 마음이 행하다. 난 그 누구의 편으로서 이곳에 온 게 아닌데. 외지인 취급을 받으니 괜히 서럽다.

돌아오는 길에 팔당의 유기농식당에서 저녁식사를 했다. 순수한 열정으로 모인 사람들끼리 소박하게 식사하며 이런저런 이야기를 나누니 좋다. 집에 들어가는 까만 밤에, 내가 살 곳을 잃은 바위늪구비의 단양쑥부쟁이의 행복을 걱정하는 것은 지나친 욕심인가 하는 생각이 들었다. 환경은 누구의 이익이라고 얘기하기 어렵다. 환경은

우리 모두의 이익, 공공선이기 때문이다. 다 함께 공유하다 보니, 각자에게 돌아오는 이익의 양이 한없이 적게 느껴지기 쉽다. 하지만 작은 우리의 이익이 모여 큰 가치를 지니고, 다른 생명들과 우리의 미래, 후손, 지구와 우주의 가치까지 더해져 가장 아름답고 존귀한 뜻을 지닌다.

나의 바람은 사람뿐 아니라 모든 생명이, 자연이, 지구가 행복한 것이다. 그저 모두가 잘 먹고 잘 사는 것이다. 우리는 그 어떤 정치색을 가지고 이 강을 찾아온 것이 아니었기에, 이 사업으로 누구에게 죄를 씌우고 탓하고 싶진 않다. 누구는 사업적인 시각에서, 누구는 환경적인 시각에서, 누구는 무관심으로 이해할 뿐이다. 우리의 강은 경제적인 이유뿐 아니라 그 역사적, 문화적, 자연적 관점에서 보존의 이유가 있다. 역사 따위를 쉽게 부정해버리는 '다이나믹 코리아'가 나는 좀 무섭다. 망각하고 살아가는 국민들과 내 모습은 더욱 무섭다. 세상에서 제일 중요한 게 경제고 관광이고 개인이라 배우고, 성장, 성공, 발전에만 온갖 긍정적인 가치를 부여하는 후진 국민으로 성장하는 모습이 부끄럽다.

나를 반겨준 남한강은 프리다 칼로의 그림처럼 가감

없이 드러낸 그 헤집어진 모습에 아무 말도 할 수 없게
한다. 그 앞에서 슬프고 부끄러워지는 내게 아픈 손을 내
민다. 내게 더 잘 살라고 한다. 자연의 부드러운 힘에, 우
리는 그저 더 행복하게 잘 살겠다고, 그렇게 말하고 돌아
왔다.

'쓰레기 배설기계'에서 탈출하기

학교 갈 시간. 자취방에서 부스스 일어난 수웅은 화장실 문을 연다. 변기 앞으로 휘적휘적 다가간 그는 눈을 반쯤 뜬 채 변기 뚜껑을 내린다. 변기 위에 올려놓는 것은 2리터짜리 패트병. 손수 만든 깔때기를 꽂고는, 후두두둑(빗소리와 유사하단다)……. 상세한 과정은 상상에 맡긴다. 그렇게 그의 자취방 화장실에 쌓여 있는 패트병들은 노란빛의 액체로 가득 차 있다. 우리가 아는 그 노란색은 아니다. 최근의 병을 제외하고는 거의 진한 갈색에 가깝다.

척박한 대학 땅에서 농약을 안 치니 작물은 우리가 아

는 것보다 더 비실비실 자란다. 이 아이들에게 줄 수 있는 훌륭한 친환경 비료가 한 가지 있었으니, 바로 우리의 배설물(!)이다. 똥까지 따로 모아 거름을 만들면 좋겠지만, 학교에 똥을 싸 들고 오는 건 유별난 우리에게도 생각보다, 아니 무엇을 생각하든 그보다 더 어렵다. 똥까진 어렵지만, 우리가 큰 문제 없이 할 수 있겠다 싶었던 것이 바로 '오줌 모아 액비 만들기'였다. 사실 막상 시작하려니 별 거 아닌 것 같아도, 시작이 가장 어렵다. 특히 여자들은 신체 구조상 오줌을 따로 모으려면 넓은 바가지가 필요한데, 대부분 수세식 화장실을 갖춘 도시에서, 바가지에 따로 오줌을 받는 것은 스스로도 꺼려지기 마련이다.

"하지만 한번 해보지 뭐!"

액비 만들기 프로젝트가 시작되었다.

오줌을 받는 방법이 따로 정해져 있진 않지만, 간단한 방법을 소개한다.

1. 칼과 크고 작은 페트병 두 개를 준비한다.(0.5리터 생수병과 3리터 약수터 물통.)
2. 작은 페트병 한 개를 사선으로 잘라, 잘린 주둥이를 깔때기로 만든다.

3. 만들어진 깔때기를 큰 페트병 입구에 꽂는다.

4. 남자는 키에 맞는 높이에(변기 뚜껑 높이에) 페트병을 놓고 깔때기에 조준한다. 여자는 바가지에 오줌을 받아 깔때기에 붓는다.

5. 깔때기를 빼고, 오줌이 담긴 페트병의 뚜껑을 닫는다.

이상이 아주 상세한, 오줌 모으는 방법이다. 매번 깔때기를 만들 필요는 없고, 씻어두었다가 때마다 사용하면 된다. 오줌은 산소와 접촉하면 발효가 되지 않기 때문에 페트병 뚜껑은 꼭 닫아주어야 한다.

레알텃밭학교 수강생들에게도 오줌 모으기를 권유했지만, 선뜻 나서는 사람이 없었다. 어렵게 두세 병이 모였는데, 다행히도 수웅이 오줌 모으기에 맛 들였다. 자취를 하는 수웅은 혼자 쓰는 화장실에서 마음 놓고 오줌을 모았는데, 네다섯 번 만에 큰 페트병이 가득 차오르는 게 그렇게 재미있었단다. 처음에는 다 마신 생수병을 들고 수줍게 화장실로 들어갔는데, 그 소리가 평소보다 크고 경쾌했다고 한다. 평소에도 오줌 한 번 보고 4~7리터의 물을 흘려보내는 게 아깝다 생각하고 있었는데, 오줌을 다른 곳에 보니 물을 매번 절약할 수 있었다. 이제 그는 집

밖에서 싸는 오줌과 함께 흘려보내는 물이 아깝게 느껴져 '작은 페트병을 소지하고 다닐까' 고민하는 경지에 도달했다. 학교 친구들에게도 다짜고짜 오줌 모으기를 권유하고 다니는 등 오줌에 대한 위대한 열정으로 우리의 무한한 오줌 공급원으로서 제몫을 톡톡히 해냈다.

수웅은 서울대 근처에 살면서 고려대로 농사를 지으러 한 시간 넘게 걸려서 오는데, 매번 오줌 페트병을 들고 다니기 어려워 매달 7, 8개씩 작정하고 들고 왔다. 11월의 어느 날에도 수웅은 오줌병을 잔뜩 들고 고려대로 향하고 있었는데, 그날은 때마침 국가적인 행사, 'G20'이 열리는 날이었다. 차량도 통제되고 전 국민이 달려들어 G20의 성공적인 유치를 위해 경박스러운 행동도 삼가는 그 대단한 기간에, 그는 노란 액체가 든 페트병을 두 손 가득 쥐고 있었다. 곳곳에는 경찰들이 동원되어 (있지도 않은) 테러범을 색출하기 위해 사람들을 감시하고 있었다. 그는 경찰들의 수상하다 싶은 눈길 세례를 받았고, 머릿속으로 다양한 변명들을 떠올렸다.

'오줌병이라고 이실직고하면 이 날을 기다려 오줌을 모아 온 오줌 테러범으로 몰릴 수도 있겠고, 과학실험용 이라고 하면 더 위험하겠지. 아무래도 약이라고 해야겠다. 열어보고 냄새라도 맡아 보라고 해야 하나?'

그는 긴장감과 사람들의 눈총 속에서 간신히 오줌 운반을 해냈다.

봉석은 레알텃밭학교의 '거름 만들기' 수업을 진행하며 오줌 모으기의 필요성을 이야기하면서도, 막상 본인은 실천하고 있지 않은 언행불일치의 상황을 탈피하겠다고 마음먹는다. 전에 어머니께 넌지시 말씀드렸다가 화장실 청소도 안 하는 놈이 무슨 소리를 하는 거냐며 단칼에 거절당한 경험이 있

었기 때문에, 그의 오줌 모으기는 식구들이 전부 잠이 든 한밤중에 진행되었다. 몰래 '야동'을 볼 때처럼 잔뜩 긴장하고, 화장실에 들어가 준비해 놓은 페트병에 조심스럽게 오줌을 모았다. 처음이라 긴장하고 평소와 다른 어색한 방향에 조준도 어렵게 성공하고는 페트병을 재빨리 닫아 변기 뒤에 몰래 감춰두었다. 그렇게 그의 치밀한(?) 야간 작업은 시작되었고, 금세 한 병을 꽉 채웠다. 두 번째 야간 작업을 강행하기 위해 봉석은 또다시 새로운 페트병을 물색한다. 하지만 그런 그에게 어머니께서는 우유통을 씻어 두셨다며 떨리는 그의 손에 가만히 쥐어주셨다.(역시 엄마들은 모르는 것이 없다.)

밀폐된 오줌 페트병들은 시간이 흐르면 쪼그라든다. 발효가 진행되기 때문이다. 색깔은 진한 갈색으로 변한다. 신기한 미생물들은 산소와 결합되지 않은 밀폐된 오줌을 자연 발효시킨다. 발효된 오줌은 주말농장에 두면 이웃들이 몰래 가져가 자기 밭에 뿌리고 달아날 정도로 귀한 비료로 거듭난다. 오줌 액비만 뿌려주어도 다른 비료는 필요 없을 정도로 풍부한 영양분을 준다. 우리가 심어놓은 배추들도 오줌 액비를 뿌려주니 일주일 만에 눈에 보일 만큼 커졌다. 우리의 오줌으로 쑥쑥 자란 작물들을 바라보면 이상한 생각이 든다.

도시의 화장실은 너무나 깨끗하다. 오줌을 받는 것이 죄스럽게 느껴질 지경이니 청결한 공간에 냄새 나는 오줌을 받아 두는 행동이 불경스럽게 느껴진다. 평생을 같은 방향, 같은 방식으로 지내온 습관을 남들이 안 하는 방식으로 바꾼다는 것이 쉽지 않다. 환풍기 구멍 한 개에 의존한 밀폐된 도시의 화장실에서 오줌을 모으면 당연히 냄새도 난다. 하지만 시골의 뒷간엔 바람이 솔솔 불어 들어온다. 냄새가 나는 것보다 시원함을 먼저 느끼게 된다. 도시의 화장실은 자연과 지나치게 괴리되어 있다. 하얀 휴지와 모양도 이상한 변기, 레버를 내리면 회오리치는 물결과 끝을 알 수 없는 하수구 구멍. 차가운 타일과 샴푸, 치약이라는 이름의 약품들로 뒤덮인 화장실은 흡사 수술실의 비정함까지 떠올리게 한다. 조금의 여유도 없는 이 섬뜩한 화장실을 하루에도 몇 번씩 들락거릴 때마다, 공간에서 강요되는 죄의식으로 나쁜 일을 처리하고 나오는 느낌까지 든다고 하면 나의 지나친 과장일까?

말 그대로 '자연'스러운 배설과정을 보이지 않는 곳에 숨기고 멸시하는 사회적 분위기가 오줌 모으기를 힘들게

한다. 그전까진 우리의 배설물은 깨끗하게 정화되는 것이
아니라 그저 우리에게 안 보이는 곳으로 이동할 뿐이라
는 사실을 몰랐다. 오줌이나 똥에 대해 진지하게 생각해
본 적이 없기 때문에, 이 나이가 되도록 정말 변기 안으로
빨려 들어가 "뿅" 하고 사라지는 줄로만 알았던 것이다.
똥은 산소와 결합하여 발효되고, 오줌은 산소와 분리해서
발효해야 하는데, 이 똥과 오줌을 뒤섞어 물에 흘려 보내
버리니 우리의 바다는 병들었다. 바로 우리의 똥과 오줌
때문에! 오줌과 똥은 땅에 뿌리거나 묻어 발효를 시켜야
하는데, 흙과 어울려야 하는 배설물이 바다로 옮겨가 지
구를 오염시키고 있는 것이다.

이 사실을 알고 나니 세상이 더욱 무서워졌다. 나는 무
식해서 몰랐지만, 지구의 지배자들은 이 사실을 알고서도,
암묵적으로 더러운 것을 보이지 않는 곳으로 치우는 데
동의하고 배설물을 처리하고 있었던 것이다. 모든 사람들
이 하루에 싸는 똥만 해도 무시무시하다.

농가의 뒷간에선 똥오줌을 분리해 모은다. 지은이 다
니는 주말농장에서는 똥을 싸고 짚으로 한 겹씩 그 위를
덮어 놓는데, 거기선 오히려 향긋한 냄새가 난다고 했다.
번거롭고 귀찮을지도 모르지만, 하루에 1분만 짚으로 똥

을 덮는 간단한 수고만 하면 세상의 무시무시한 똥 더미를 자연스럽게 처리할 수 있는데, 모두 더럽다고 무시하고 있으니 우리의 배설은 폭력이다. 피가 배어 나오는 상처를 입고서도 징그러워 쳐다보지 못하고 동여매놓은 지구의 모습이 떠오른다. 그 상처는 계속 벌어지고, 지구는 계속 피를 흘리고 있다. 우리의 똥 때문에……。

페트병에 받아 둔 오줌은 그 빛깔이 영롱하고 오묘하다. 신기하다. 그리고 굉장히 따뜻하다. 오줌으로 내 두 손이 따뜻해지는 경험을 뭐라고 표현해야 좋을지. 오줌 액비를 먹고 쑥쑥 자라난 작물들을 보면 야릇한 기분도 든다. 그 유명한 카피처럼, "정말 좋은데, 표현할 방법이 없네. 직접 말하기도 그렇고……"라고 하면 되려나? 오줌을 모아 액비를 만드는 과정은, 스스로를 똥만 만드는 기계에서 탈출하게 한다. 쓰레기를 보석으로 만드는 기분을 아시려나? 경작하는 과정 중에 가장 보람차고 뿌듯한 경험이기도 하다. 밭에 즐비한 금빛 오줌 액비들을 보면 세상에서 제일가는 부자가 된 느낌이다. 당신도 오줌을 모아보길. 일석이조의 가치와 함께 직접 말할 수 없는 오묘한 쾌감과 기쁨을 느낄 수 있다.

레스 임팩트 맨

농사를 짓기 위해선 여러 가지 준비가 필요하다. 우선 땅이 있어야 하고 씨앗이나 모종, 농기구와 거름이 필요하다. 처음에 우리는, 농기구는 학교 근처 철물점에서, 모종은 종로5가의 종묘상에서 구입했다. 거름은 어디서 사야 하나? 혹시나 하고 인터넷을 뒤졌는데, 역시 인터넷에는 없는 게 없었다. 거름을 파는 사이트만 해도 여럿이다. 그 중에 생태적이고 친환경적이라는 '흙살림' 퇴비를 구매하기로 결정했다. 주문 버튼을 누르니 3일 안에 택배로 도착했다. 이제 단순한 노동력을 더하기만 하면 언제든 농사를 시작할 수 있으니, 참으로 현대적이고 손쉬운 농사법

이 아닐 수 없다.

처음엔 어렵겠지만, 농사를 계속하다 보면 돈을 들여 사지 않아도, 누구나 채종하여 씨앗을 얻을 수 있고, 직접 거름을 만들 수도 있다. 거름 만들기는 똥이나 음식물들을 직접 썩혀 완전 발효가 되었을 때 다시 땅에 넣어주기만 하면 끝! 오줌을 받기 시작하면서, 우리도 언젠가 거름도 만들어보자 생각만 하고 있었는데, 레알텃밭학교를 준비하면서 상상만 해오던 것들의 실행 일자가 정해져버렸다.(채종과 거름 만들기는 농사의 정수라 할 수 있다.) 언제는 거름 만들기, 언제는 김장 파티 식으로 커리큘럼을 짜놓았기에 수강생들과 함께 정해진 날에 반드시 그 일을 해내야만 했던 것이다. 그래서 금방 '거름 만들기 프로젝트'에 돌입했다.

수업 준비에 착수했는데, 친환경적인 거름 만들기란 것이 우리가 거름통 옆에서 직접 온도를 조절해가며 제조하는 게 아니라, 그저 내버려두고 오래 기다리는 과정이기 때문에 재료가 준비되면 거름 만들기의 절반은 끝낸 것이나 마찬가지다. 하지만 도시에서 거름 만드는 사람은 거의 없을 테고, 따라서 그 자연적인 재료들은 돈 주고도 구하기가 어려운 것들이라는 큰 단점이 있었다. 똥을 모으면 되지만, 학교에다 똥을 싸서 모으는 것은…… 쉽지가 않다. 모든 재료들은 각자가 여기저기서 공수해야만 했다. 퇴비통부터 어떻게 구해야 할지 막막한 상황이었다.

그러나 불가능은 없다. 우선, 봉석과 지은이 학교 앞 철물점에 찾아가 내 몸집만 한 고무대야를 구해왔다. 전기 드릴로 대야를 뚫기 시작해, 기술이 없는지라 한 시간이 넘도록 붙잡고 애를 써가며 구멍 내기를 겨우 끝내고(체력은 벌써 소진되었다), 그루터기텃밭 구석에 대야 장착! 이제 제조한 퇴비통에 재료만 채워 넣으면 되는데, 우리가 필요한 유기물들을 어떻게 구했는가 하니…….

낙엽들은 포크밭 주위에 잔뜩 쌓여 있기에(조경 때문에 학교에서 잘 안 보이는 포크밭 주위에다 잠시 치워둔 듯) 비료포대에 쓱쓱 챙겨 담아뒀다. 조리되지 않은 음식물 쓰레기들, 과일 껍질이나 채소 부스러기 같은 것들은 은하와 지은이 귀찮을 텐데도 집에서 착실하게 모아 학교까지 가져왔다. 지푸라기는 대동제 때 쓰고 버려진 동아줄을 주워 넣는 것으로 대체했다. 톱밥은 지은이 집 근처 목공소에 찾아가 포대자루에 얻어 왔고, 오줌은 이미 수웅이 대량 생

212

산을 마친 터라 따로 준비할 필요가 없었다.

한약재 찌꺼기를 넣으면 좋은데, 마침 텃밭학교 수강생 한 분의 할아버지가 한의원을 하신다며 기꺼이 한약 찌꺼기를 보내주시겠다고 하셨다. 며칠이 지났을까, 금방 학교 경비실에 택배가 도착했다. 학교 안에 있던 봉석이 경비실까지 찾아 나서는데, 민주광장에 씁쓸한 냄새가 진동하고 있었다. 경비실에 맡겨 둔 한약재 찌꺼기 택배에서 새어나온 냄새가 학교에 널리 퍼져 있었던 것. 그 향긋한 한약재 찌꺼기 냄새를 이끌고 봉석이 돌아왔다. 이것으로 거름통에 넣을 재료 준비 끝.

레알텃밭학교 거름 만들기 수업이 시작되었다. 똥까지 받아와 넣지는 못했지만, 다양하게 공수한 재료들을 층층이 깔고, 맨 위에 아직 완전히 발효되지 않은 오줌을 골고루 뿌렸다. 조금씩 썩어가는 재료들을 넣어 엄청난 냄새가 날 것 같았지만, 진한 한약재 냄새로 뒤덮여 고약한 냄새는 나지 않았다. 이걸로 된 건가? 얼떨떨해하며 뚜껑을 닫는 것으로, 1미터짜리 대형 퇴비 만들기 1단계 종료.

이제 우리의 역할은 거의 끝났다. 그저 기다리는 일만 남았다. 거름을 전문적으로 제조, 판매하는 업체에서는 다양한 효과를 주어 퇴비 발효를 앞당기지만, 우리는 그런 뜻도, 능력도 없으므로 자연에게 남은 일을 맡겼다. 그리고 한 달이 지나 퇴비통을 열었는데, 뿌연 김이 났다. 이게 바로 신비의 발효열이구나. 자세히 들여다보니 팽이버섯을 닮은 곰팡이들이 올라와 있었다.(오줌을 뿌렸던 게 떠올라 코를 박고 들여다보거나 흔쾌히 만져보진 못했다) 흙 한 숟가락에도 미생물이 1억 마리나 있다는데, 말로만 듣던 미생물의 신비가 눈에 보였다. 구석구석 뒤집어주자 더운 김이 피어났고, 추운 손을 발효열에 녹이며 퇴비 만들기 2단계도 끝이 났다.

점점 시간이 지나 퇴비에서는 흙냄새가 나기 시작했다. 어느덧 3월. 손으로 만져 보아도, 흙을 그대로 닮아 부드럽게 부서졌다. 여기저기서 재료를 공수해 와 처음 퇴비통에 담았던 게 9월. 그 후로 벌써 6개월이 흘렀다. 날이 조금씩 풀려가고, 봄이 저 멀리서 준비하는 모습이 느껴질 때 퇴비통을 엎기로 했다. 드디어 진짜 발효퇴비로 거듭나는 시기가 된 것이다. 퇴비통을 엎자 진한 갈색 빛을 띤 건강한 퇴비가 드러났다. 펼쳐서 말려 뒀다가 다음 날 흙과 뒤섞었다. 하얗게 말라 있던 그루터기텃밭의 흙들이 건강한 퇴비들과 뒤섞여 색도 진해지고 양도 풍부

해졌다. 쉽게 버리는 쓰레기가 새로운 작물들을 건강하게 키워내는 퇴비로 변하다니!

옆에서 보챈다고 퇴비는 빨리 발효되지 않는다. 하루, 이틀만에는 아무것도 달라지지 않는다. 하지만 3개월, 6개월의 느린 호흡이 놀라운 변화를 만들어낸다. 천천히 기다리기만 하면 더러운 것이 아름다운 것으로, 다 써버린 것이 생명을 품은 것으로, 무용한 것이 가치 있는 것으로 바뀐다. 마술사의 모자에서 비둘기가 날아가는 것보다 신기하다. 작지만 아름다운 똥색혁명!

영화 「노임팩트맨」의 주인공 가족은 뉴욕 한가운데서 1년간 지구에 무해한 생활을 하는 프로젝트를 실행한다. 말 그대로 'No Impact Man'으로서의 삶. 로컬푸드를 먹고, 전기도, 기름도 안 쓰고, 쓰레기도 버리지 않으며 사는 삶은 정말 어렵다. 1년간의 극단적인 삶을 간신히 끝낸 가족은 좋았던 몇 가지만 유지하기로 하고, 평범한 삶으로 돌아간다.

그들의 결정은 아마 우리가 꿈꾸는 모습과 비슷한 것 같다. 대단하진 않지만, 스스로가 좋아하는 몇 가지를 계속하는 것. 채식을 '지향'하기, 재활용할 수 있는 쓰레기는 모아 퇴비로 만들기, 오줌은 받아 액비로 쓰기, 작물을 키워 먹기. 우리가 자전거 타고 학교 다니진 못하겠지만, 버스 타고 다닐 순 있을 거야. 똥 모으기 싫으면 오줌만 모아도 되고, 오줌도 모으기 싫으면 농사만 지어도 돼. 'No 임팩트'는 못하겠지만, 'Less 임팩트'를 실행하는 것. 그것만으로도 진짜 마법을 쓸 수 있는 능력자로 업그레이드될 수 있다는 걸 체험했다. 후훗. 똥오줌을 모으는 사람은 하늘을 우러러 한 점 부끄럼이 없다는데, 우린 언젠가 똥도 모을 수 있을까?(난 힘들 거 같아, 똥 공포증이 있어서……)

7, 8월에는 도시텃밭 세미나로 파머스마켓에 대해 집
중 탐구를 했다. 학교에 생협을 들여오려다 무산된 경험
이 있는 김철규 교수님과 선미가 쿵짝이 맞아, 학교 안에
파머스마켓 정착을 추진해보자며 열을 올렸다. 일 벌이
길 좋아하는 우리는 큰 고민 없이 우선 저질러 보기로 하
고 은하, 선미, 소은이 주축이 되어 파머스마켓팀을 꾸리
게 된다. 고려대학교에 있는 사람들만 해도 몇 명이냐, 학
생들에 교직원까지 만 명이 넘는다. 거기다 근처 주민들
까지 판매대상은 차고 넘친다. 우리가 학생들이니 학교는
우리가 이용할 수 있는 유리한 환경이라 할 수 있다. 게다

가 로컬푸드를 권장해 푸드마일리지를 줄이고, SSM(Super Super-Market, 기업형 슈퍼마켓)에 맞서 합리적인 유통구조를 만들고, 믿을 수 있는 농산물을 소개하는 등 건전한 운동이니 해볼 만한 가치가 있다. 매달 마지막 주 금요일에 정기적인 장터 마련을 목표로, 9월 오픈을 계획했다. 하지만 맨땅에 헤딩하려니 이마도 깨지고, 상처도 났다. '팔당유기농단지'가 4대강사업 반대로 참여가 어려워지고, 태풍 '곤파스'의 피해까지 더해져 10월까지 장터 준비가 미뤄졌다.

우선 농부들을 서울로 모셔 와야 하는데, 개인적으로 알고 지내는 농부가 없다. 모셔 올 사람이 없다. 가뜩이나 농부들은 하루하루 일거리가 쌓여 있어 장사하러 농사일을 하루 쉬기가 어렵다. 게다가 일반적인 농가에선 이미 유통이나 판매 계약이 이루어져 있어 따로 팔 만한 작물도 마땅히 없는 실정이었다. 생산자보다 유통업자, 판매자가 더 큰 이익을 갖는 기존의 왜곡된 구조를 변화시키고자 기획한 행사지만, 어디 농민들이 좋아서 대형 슈퍼마켓에서 1,000원에 팔리는 걸 300원에 내놓겠는가? 농사도 짓고 유통에 판매까지 하기가 어려워 억울해도 대형 SSM과 계약을 맺는 것인데, 어찌 생계를 걸고 계약을 파

기하는 모험을, 우리의 알량한 시도와 함께하자고 할 수 있을까?

차선으로 믿을 수 있는 생협이나 유통업체를 초청해 장터를 여는 것으로 결정했다. 살롱드은하에 모여 구체적인 목적과 동기에 대한 열띤 토론을 한 결과, 생산자가 직접 나와 판매하는 직거래장터인 '파머스마켓'의 형태를 취하긴 어렵고, 건강한 농작물을 판매하고 소개하는 장터를 꾸리는 데 초점을 맞추기로 했다. 그래서 정한 이름, '씨앗들 장터'. 처음엔 우리가 직접 수확한 작물들도 함께 판매하면 좋겠다고 생각했지만, 그 수확량이 턱없이 부족해 비현실적인 아이디어가 되었고, 캠퍼스 안에서 장터를 여는 교육적이고 공익적 목적에 더 큰 취지를 두기로 했다.

이제 험난한 준비 과정이 남았다. 우선 우리나라 생협에 대한 지식이 없는 관계로, 여러 군데 조사해본 뒤 업체들과 만남을 시도했다. 선미가 섭외를 맡아 우선 김철규 교수님과 친분이 두터운 '팔당생명살림'을 시작으로, '팔당오가닉푸드'와 '한살림', '씨알축산'과도 인연이 닿았다. 처음엔 이메일로 연락을 드렸으나, 다들 정신없이 바쁘셔서 답을 받기가 어려웠다. 전화를 드리고 양평, 이천 등으로 직접 업체를 찾아가 일정이나 수량, 장비를 조율하며 섭외를 진행했다. 선미의 친구를 통해 일본인들이 운영하는 유기농 레스토랑 '밀휘오리'까지 섭외했다.

섭외도 보통 일이 아니었지만, 학교에 민주광장의 사용 허가를 받는 일은 생각보다 훨씬 어려웠다. 처음에 보고서 한 장으로 행사 개요를 제출했는데(한 장 분량으로 요구받아서), 학생지원부로부터 단칼에 거절당했다. 학교에서 상업적인 행사를 열 수 없을 뿐 아니라 당위성이 없다는 것이 이유였다. 학생회에 물어보니 학생 호응도도 낮을 것 같고 농민들과 소비자를 연결하는 데 굳이 대학생들이 나설 필요가 없다고 했단다. 학생이 학교를 쓸 수 없다니! 우리는 좌절했지만, 김철규 교수님과 문과대학생지원부장님의 도움으로 간신히 제안서를 재검토 받을 기회를 얻었고, 은하는 행사의 취지가 상업적인 목적에 있는 게 아니라 교육적인 목적에 있다는 내용의 보고서를 수십 장 취합해야 했다.

딱 봐도 상업적인 목적을 둔 행사가 아닌데, 수십 장의 근거를 갖다 붙여야 하다니, 학교와의 관료제적인 마찰에 짜증나고 불쾌했던 것도 사실이다. 하지만 참아야 하느니라. '참을 인' 자를 수백 자 썼다. 결국 학교로부터 간신히 허가를 받고, 교육적인 목적을 부각시키기 위해 패널(panel) 제작을 시작했다. 파머스마켓의 필요성과 로컬푸드, 푸드 마일리지 등의 개념을 정리하고, 함께하는 단체에 대한 소개, 씨앗들 소개, 레알텃밭학교 소개 등의 내용을 지은이 정리하고, 내가 허접스러운 포토샵 스킬로 제작한 것에 소은이 펜아트로 덧그리니 그럴듯한 패널들이 완성되었다.

주로 홍보를 담당한 소은은, 친구에게 포스터 디자인을 받아오고, 인쇄해서 학교 여기저기에 게시하고 웹자보도 돌렸다. 가장 소비력이 큰 주부들을 공략하는 게 관건이란 생각이 들어 고려대 주변 아파트에 피 같은 돈(3만 원 정도씩)을 출혈하면서까지 홍보물을 게시했다.

관심을 이끌어낼 수 있는 이벤트 기획에도 열을 올렸다. 행사의 일환으로, 귀농가수 '사이'를 섭외했는데, 이럴 수가! 교양교육원에서 수업시간 내 공연행사는 소음을 이유로 절대 불가하다는 판정을 받았다. 예상은 했지만 더욱 심각한 학교의 비협조에 속이 상하고 답답했다. 출연료도 없이 공연해주시기로 했던 사이 씨께는 정말 죄송한 일이었다.

우여곡절 끝에 결국 처음으로 '씨앗들 장터'가 열리는

10월 29일이 왔다. 학교에서 장비들을 대여하려 했지만, 학복위에 있는 장비들을 다 동원해도 모자라 냉장고를 돌릴 전기 릴케이블은 학생회에서, 패널을 놓을 이젤들은 회화동아리, 필요한 식기들은 학생식당에서 빌렸다. 레알 텃밭학교 수강생들 중 자원봉사자도 모집했고, 'SIFE(고려대 가치투자동아리)'에서도 자원봉사를 나왔다. 우리는 단체 티셔츠도 맞춰 입고 아침부터 판매 단체들을 맞았다.

간판을 제작해 생협들을 소개하는 부스를 ㄷ자로 꾸미고 가져온 작물들을 상에 늘어놓았는데 콩나물, 유정란, 쌈채소, 고구마, 시금치, 딸기잼, 깻잎장아찌, 오이지, 한우, 돼지, 닭고기, 두부/깻잎/흑임자 스낵, 달밥꾸러미, 음료, 떡, 빵, 화장품, 생활용품까지 정말 다양하다. 잔돈 준비까지 마치고 나니 드디어 그럴듯한 장터 개시! '주4파' 학생들이 학교에 나오지 않는 금요일이라 학교가 평소보다 한산해서 걱정이 태산이었다. 하지만 어디서 알고 왔는지, 지나가다 들린 건지 조금씩 학생들이 모여든다. 즉석 먹을거리에 관심이 많은 학생들. 밀휘오리에서 판매한 유기농 토마토스프가 반응이 좋다. 멀건 토마토 국물에 마카로니와 채소들이 둥둥 떠다니는데, 시큼한 맛이 맛있는 건지 맛없는 건지 모르겠다. 씨알축산의 무항생제

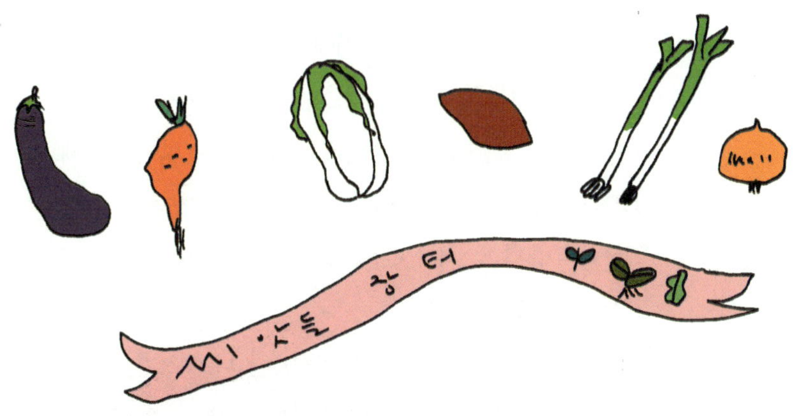

소시지 시식 코너도 열렸고, 한살림에서는 면생리대 만들기 코너를 마련해 남학생들도 모여 앉아 열심히 손바느질하는 모습이 재미있다.

그러나 무엇보다도 대성황을 이뤘던 것은 예상 밖의 씨앗들 부스였다! 다양한 이벤트를 준비하여 학생들의 참여를 유도했는데, 학생들에게 김치찌개, 된장찌개 등 간단한 요리법을 카드로 만들어 나눠주고, '나의 농부 타입'과 '먹거리 전국 연합 학력평가'의 타이틀로 '경작영역', '먹거리영역'의 시험지를 만들었다. 씨앗을 씹어보고 그 종류를 맞추는 퀴즈도 있었는데,(정답: 밀 씨앗) 학생들 대다수는 맛보았는데도 쌀이나 보리라고 대답했다. 친구끼리 와서 시험지를 풀어보고, 낯선 문제에 재밌어하고 많이 틀렸다고 서로 놀리는 모습에 우리도 덩달아 신났다. 공부 잘하는 고려대학생들이지만, 농사에 대한 상식은 많이 부족해 10점짜리도 있고 90점짜리도 있다.(229쪽에 '경작영역', '먹거리영역' 시험지를 첨부하니 독자님들도 풀어보시길. 당신의 농사 상식 테스트! 100점 받길 바랍니다.)

고득점자들에겐 밀 상자텃밭세트를 나눠주었다. 예상과는 달리 밀 상자의 인기 폭발! 공짜라 그런지 몰라도, 밀 상자를 얻기 위해 남녀노소 모두 열심히 문제를 풀었다. 학생식당 아주머니들도 "70점 넘으시면 드려요!" 하니까 서로 누가 먼저랄 거 없이 경쟁적으로 문제를 푸셨다.

전단지를 보고 찾아오셨다는 동네 주민 분들도 있었다. 할머니의 손을 잡고 온 귀여운 아기들이 유기농 쿠키도 사 가고, 의외로 팔당생명살림의 채소들이 많이 팔렸다. 학생들이 자취방에서 쌈 싸먹는다고 쌈채소도 많이 사 갔다. 팔당생명살림 아저씨는 유기농 딸기와 공정무역 설탕으로 직접 딸기잼 만드는 걸 보여주시고, 금방 만든 딸기잼을 유리병에 담아 파셨다. 정말 맛있다! 지은은 찾아온 친구들에게 한 병씩 사 안겨준다.

전부 다 팔렸으면 좋았겠지만, 그래도 많이 팔렸다. 빈 테이블들을 보니 뿌듯하다. 쓰레기도 남기지 않고 깨끗하게 끝냈다. 정리를 하는데, 테이블이 너무 무거워 애꿎은 봉석의 친구들이 동원됐다. 고단한 몸을 일으키니 어느새 해는 지고 찬바람이 불고 있었다. 어쨌든 해냈다! 하루 종일 기분이 좋았다. 판매팀 차량들까지 모두 떠난 텅 빈 민주광장에 붐비던 한낮의 풍경이 겹쳐 보인다. 녹초가 된 몸 때문인지 벌써 며칠 전에 벌어진 일만 같았다.

그러나 시간은 쏜살같이 흘러 열심히 준비한 첫 번째 '씨앗들 장터'를 끝내고 조금 쉬었는데, 얼마 지나지 않아 두 번째 '씨앗들 장터' 일정이 코앞으로 다가왔다. 레알텃밭학교 종강, 가을작물 수확, 두 번째 씨앗들 장터, 기말고사 준비까지 11월 마지막 주에 한꺼번에 치르려니 정신이 없다. 첫 번째 씨앗들 장터가 '성공리에'는 못 되도 '괜찮게' 끝나자 금방 방심했나 보다. 열심히 달려 첫 번째 목표점에 도착해 드러눕고는 깜빡 잠들었는데, 눈떠 보니 어느덧 한 달이 흘러버린 것이다. 집회 신청서 작성은 1회 때 미리 담당자와 충분히 이야기했기 때문에 수월하게 진행할 수 있었지만, 지난달에 했던 업무를 똑같이 반복하려니 어떻게든 되겠지 뭐 심드렁해진 것이 사실이다. 게다가 지난번에 자원봉사에 참여한 SIFE팀이 적극적으로 씨앗들 장터 기획에 참여해 참가자도 많아졌겠다, 맡은 업무가 조금씩 줄었다는 생각에 단체로 불성실해져버렸다.

시작부터 삐걱댄다. SIFE팀이 담당한 팔당오가닉푸드가 오지 못한 것이다. 매달 마지막 금요일에 장터를 여는 것으로 정했지만, 26일 금요일에 고려대학교 수시면접이 잡혀 있어 부득이하게 25일 목요일로 날짜를 조정해놓고 가장 중요한 날짜 안내를 하지 않았던 것이다. 꼼꼼히 준비하지 못해 빚어진 참상으로 SIFE팀은 난감해 어쩔 줄 몰라 했다. 통화 끝에 결국 차량으로 상품만을 보내주어 늦게라도 비어 있던 부스를 채울 수 있었던 것이 그나마 다행이었다.

무엇보다 결정적으로 날씨가 너무 춥다. 11월 말이라 어느 정도 추운 날씨는 예상했지만, 광장에 종일 서 있는 우리도 추워 안으로 들어가고 싶은데, 학생들은 아예 수업이 없는 민주광장 쪽으로는 다가오지도 않았다. 힘들게 찾아오신 판매팀들에게도 이보다 죄송할 수가 없다. 동네 주민 홍보를 하지 않은 것도 큰 실수였다. 지난 장터 때 찾아오신 동네 분들마저 찾아오지 않으셨다. 어찌 보면 당

연한 일인데, 우리는 어쩜 이렇게 태평하게 생각했던 것
일까?

　결과적으로 씨앗들 장터는 훌륭한 취지로 시작했지만,
여러 모로 부족한 점만 드러내고, 고생만 '직싸게' 하고 끝
났다. 하지만 씨앗들 장터 덕에 추운 겨울에도 따뜻함을
느꼈다. 봉석의 어머니가 오셔서 이것저것 사 가시기도
하고, 통 큰 우리 엄마는 잘 안 팔리는 것들을 싹쓸이해줬
다. 팔당생명살림 아저씨는 만들어놓은 딸기잼들도 아직
다 팔리지 않았는데, 난로 대신 딸기잼을 계속 익히셨다.
찬바람을 타고 달콤한 딸기잼 냄새가 하루 종일 민주광장
에 돌아다녔다. 우리는 딸기잼 통 주위에 모여 언 손을 녹
이고, 아저씨 대신 딸기잼도 휘휘 저어봤다. 많은 공감을
얻어내진 못했지만, 따뜻한 사람들도 만나고 장터의 존재
를 알렸다는 것에 가장 큰 의의를 두기로 했다.(씨알축산 아
저씨는 취업이 안 되면 씨알축산으로 와서 근무하라고도 하셨다)

　결과적으로 몇 푼 벌기보다는 노는 데 치중해버렸지
만, 씨앗들 장터를 통해 실제 농촌의 현실도 체감하고, 유
기농 농산물에 대한 국내 규정이 엉망이라는 사실도 알게

되었다. 씨앗들 장터를 주최한 우리도 현실에선 접근성과 편리성을 포기하기가 어려워 여전히 집 근처의 대형마트를 이용한다. 하지만 우리 집 근처에, 학교 주위에 정기적인 파머스마켓이 자리 잡는다면 난 반드시 이용할 테다.

씨앗들 장터가 과거의 행복했던 에피소드로 남을 것인지, '버전2'의 씨앗들 장터가 등장할지는 아직 모르겠다. 처음부터 2회를 계획했지만, 씨앗들 장터의 지속성을 믿고 참여해주신 판매팀들을 위해 그 지속성을 심각하게 고민했다. 하지만 우리의 역량으로는 감당하기 어려운 초대형 프로젝트였던 것이 사실이다. 아쉽지만 아직까지도 씨앗들 장터는 2010년의 추운 겨울을 마지막으로 멈춰 있다.

제 1 교시 경 작 영 역

성명 : _________   수험번호: ________________

1

먼저 문제지에 성명과 수험 번호를 정확히 기입하시오. 답안지에 수험 번호 및 답을 표기할 때는 반드시 '수험생이 지켜야 할 일'에 따라 표기하시오. 문항에 따라 배점이 다르니, 각 물음의 끝에 표시된 배점을 참고하시오. 1점과 3점 문항에만 점수가 표시되어 있습니다. 점수 표시가 없는 문항은 모두 2점씩입니다.

1번부터 10번까지는 경작에 관한 문제입니다.

---

1. 다음 농기구의 정확한 명칭은?

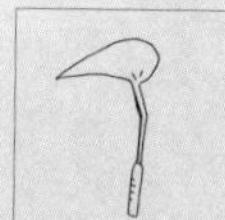

① 삽
② 호미
③ 괭이
④ 가래

2. 퇴비의 재료로 부적절한 것은?

① 닭똥
② 소똥
③ 사람똥
④ 볼펜똥

3. 상자텃밭을 가꿀 때, 화분으로 사용될 도구로 가장 적절한 것은 ?

① 플라스틱 상자
② 나무 재질의 상자
③ 유리상자
④ 스티로폼 상자

4. 상자텃밭에 물을 주는 간격으로 가장 적절한 것은?

① 내가 물 마실 때 주고 싶은 만큼 준다.
② 매일매일 한 컵씩 준다.
③ 일주일에 한번 1리터 정도 준다.
④ 흙을 만져보고 흙이 건조할 때마다 흙이 적셔질 정도로 준다.

5. 다음 제시된 작물은 무엇인가?

답 :

6. 김매기를 할 때 가장 많이 사용되는 농기구는?

① 가래
② 삽
③ 괭이
④ 호미

7. <그림>에 제시된 파종법의 올바른 명칭을
고르시오.

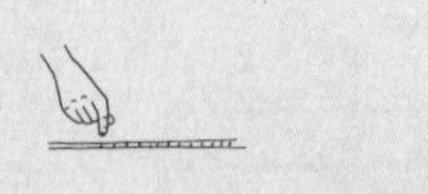

① 줄뿌림　　② 점뿌림
③ 흩어뿌림　　④ 되는대로 뿌림

8. <보기>를 읽고, 작물을 잘못 관리한
사람을 고르시오.

빅토리아 : 일기예보에서 내일 아침 기온이
영하로 내려간다기에 상자 텃밭
을 실내로 들이느라 무척 힘이 들
었어.

설리 : 난 토마토가 실하게 열리라고 곁순을
따줬는데.

수정 : 나는 거름이 되라고 오줌을 밭에서
쌌지.

엠버 : 난 어제 퇴비를 작물과 직접 닿지 않
게 주었다네.

① 빅토리아　　② 설리
③ 수정　　④ 엠버

9. 다음 작물을 심는 시기를 바르게 연결하시오.

① 밀 •　　　　• ㉠ 3월

② 고추 •　　　　• ㉡ 10월

③ 감자 •　　　　• ㉢ 5월

④ 배추 •　　　　• ㉣ 8월

10. <그림>과 같이 작물을 관리하는 것을
무엇이라고 하는가?

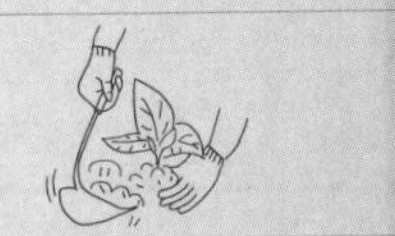

① 감싸주기　　② 사랑해주기
③ 솎아주기　　④ 북주기

11. <보기> 중에서 화살표가 가리키는 것을
고르시오. [주관식]

이랑, 고랑, 두둑, 밭, 논

이제 경작 영역 문제는 다 끝났습니다.
12번부터는 먹거리 위기에 관한 문제입니다.

---

12. 다음 대화 중 가장 건강한 식생활을
    하고 있는 사람은?

① 선미 : 오늘은 수다벅스에서 호주산 유기농
    자몽주스와 샌드위치를 먹었어.

② 봉석 : 난 그라제버거에서 수제 햄버거와 웰
    치스를 사 먹었는데.

③ 철규 : 나는 백화점에서 공정무역으로 수입
    한 커피를 샀는데 향이 참 좋더라.

④ 은하 : 어제 텃밭에서 솎아주기를 하면서 수
    확한 열무로 물김치를 담가 먹었어.

13. <보기>의 정의가 지칭하는 개념은 무엇인가?

> 농산물 등 식료품이 생산자 손을 떠나
> 소비자 식탁에 오르기까지의 이동거리
> 를 계산한 것

① 푸드코드
② 푸드마일
③ 에잇마일
④ 핑거푸드

14. 라면 등에 많이 들어가 있다고 알려진
    화학조미료 MSG는 무엇의 약자를
    가리키는가?

① Myeon(면), Soup(스프),
    Gundaegi(건데기)
② Mi Sik Ga (미식가)

③ Mono Sodium Glutamate
    (글루타민산 나트륨)
④ Mat So Geum (맛소금)

15. 다음 설명 중 로컬 푸드의 특징이
    아닌 것은?

① 유통과정 단축되면서 신선한 식품을 먹을
    수 있다.
② 이동거리를 줄이면서 탄소배출을 줄일 수
    있다.
③ 대체적으로 제철에 난 작물이라 영양 성분
    이 우수하다.
④ 소비자가 원하는 식품을 쉽게 얻을 수 있다.

16. 다음에 제시된 먹거리 소비 형태를 거리
    가 가장 가까워 신뢰도가 높은 순서대로
    나열하시오.

소비형태	신뢰도
대형마트에서 로컬 푸드를 사먹는다	
지역의 한 농가와 계약해서 갖다 먹는다	
농민장터에서 로컬 푸드를 사먹는다	
직접 텃밭에서 길러먹는다	
동네사람이 기른 것을 사먹거나 얻어 먹는다	

문제출제 및 일러스트 : 이지은

정답

1. 2

2. 4

3. 4

4. 4

5. 밀

6. 4

7. 1

8. 3

9. 1-ㄴ 2-ㄷ 3-ㄱ 4-ㄹ

10. 4

11. 고랑

12. 4

13. 2

14. 3

15. 4

16. 5-4-3-1-2

어쨌든 청춘은
즐겁지 아니한가!

'호미손'으로
상금을

타다!

패스트푸드에 익숙한 남학생. 어김없이 패스트푸드를 잔뜩 먹고 잠이 든 어느 날, 그의 손은 이상한 모양으로 변한다. 후크 선장과는 조금 다른, 녹이 슨 철제 모양의 그것은 농기구 호미를 닮았다. 손이 호미로 변하자 변변한 생활이 불가능하다. 종이를 떨어뜨려도 줍지 못하고, 책장을 넘기지도 못하는 그는 이 비극적인 운명에 좌절한다. 왜 평범한 나에게 이런 일이……. 세상을 원망하는 그의 앞에 나타난 순진한 여학생. 남들은 그의 손을 보고 뒤에서 수군거리지만, 그녀는 그의 옆에 앉아 책장을 넘겨주고 필기를 도와준다. 그녀의 상냥함에 감동한 남학생. 그녀를 사랑하게 된 것일까?

그런데 우연히 바라본 그녀는 건강한 먹을거리가 없어 하루하루 몸이 야위어 갔다. 남들은 이상하게 쳐다보는 자신을 따듯하게 감싸준 그녀를, 이제 내가 도와줄 방법이 없을까 고민하다가 그는 결심한다. 내 호미 같은 두 손으로 직접 건강한 농산물을 키워주자. 그는 학교의 빈터에 가 열심히 호미질을 한다. 그리고 수확한 친환경 농산물. 남몰래 집 앞에 두고 간 건강식을 발견한 그녀는 기뻐한다. 그렇게 그는 매일같이 그녀의 집 앞을 찾아, 손수 키운 농산물을 몰래 선물한다. 그러다 어지러움을 느낀 그는 그녀의 집 앞에서 농산물 꾸러미 위에 극적으로 쓰러진다.

쓰러져 있는 남학생을 발견한 여학생. 그를 조심스럽게 눕히고, 친환경 쌀로 죽을 끓여 먹인다. 그녀의 따듯한 손길에 눈을 뜬 남학생. 어느새 바라본 그의 손은 매끈한 원래 모습을 되찾고, 그 옆에 나란히 호미 두 자루가 놓여 있다. 돌아온 자신의 모습에 기뻐하던 그는, 그녀의 손에 호미 한 자루를 쥐어준다. 우리 같이 농사지어 볼래요? 그들은 즐겁게 학교의 텃밭으로 뛰어가 행복한 춤을 춘다.

_유투브 동영상 「호미손」 줄거리

수웅이 신문을 찢어 왔다. 〈한겨레신문〉과 '한살림'이
주최하는 '기후변화와 먹을거리 UCC 공모전'. 1등에겐
200만 원의 상금을 준단다. 현금을 받을 수 있다는 기회
에, 가난에 허덕이던 우리는 옳다구나 싶었다. 파머스마
켓으로 돈을 다 써버리고 사비까지 동원해서 연명하고 있
었기에 모두들 좋다고 나섰다. '기후변화와 먹을거리'라
는 주제는 우리의 활동과 닿아 있으니 따로 연구할 필요
가 없고, UCC라는 장르는 전문적인 성격의 영상이 아닌,
'허접스러움'의 의미를 담고 있지 않은가. 우리는 전문 영
상을 제작하는 사람들은 아니지만, UCC 정도야 제작해볼
수 있지 않을까 하는 생각이 들었다. 촬영도, 출품도 안 했
으나 1등은 맡아놓은 것처럼 뻔뻔한 마음이 들었다. 우리
가 아니면 누가 여기서 1등을 할 수 있겠어!

UCC를 제작하는 데 우리의 여건은 이보다 좋을 수 없
었다. 우선, 진지하게 고민은 안 해봤지만, 다양한 소재거
리를 지니고 있다. 따라서 주제와 스토리를 정하는 것은
어렵지 않을 것이다. 그리고 출중한 배우들이 있다. 소은
은 고려대 연극 동아리에서 일곱 번이나 무대를 만든 화
려한 전적을 지닌, 진짜 여배우였고, 수웅도 서울대 연극

동아리에서 배우와 연출까지 거친, 연기를 생활화한 진짜 연극인이었다. 지은도 이화여대 연극 동아리 활동을 했고, 거기다가 미디어학부생인 봉석은 다양한 연출과 촬영 경험을 갖춘, 준비된 전공생이었다. 다양한 전공과 관심사를 가진 학생들이 모였더니 각양각색의 재료가 저절로 구비되어 있었다.

하지만 하던 일로 바빠 미루고 미루다가, 출품기간을 3, 4일 앞두고 아이디어 회의를 했다. 아이디어는 차고 넘쳤지만, 여전히 무궁한 '개드립의 향연'으로 말도 안 되는, 우리끼리만 웃는 이야기를 쏟아낸다.

"경작과정을 다큐멘터리로 찍어볼까?"

"아니, 이 겨울에 경작과정을 찍는 건 불가능하잖아. 밭엔 아무것도 심지 않았는데……."

"딱히 찍을 것도 없고, 찍어봤자 예쁜 그림도 안 나올 테고."

"농작물을 억지로 심어놓고 찍는다면?"

"연출 상황이 되는데, 그렇다면 가짜잖아."

"차라리 정극을 찍어볼까?"

10분 내외의 짧은 영상에 드라마를 담으려면 특이한

소재가 아닌 이상 재미없을 것이다.

"패러디 해보는 거 어때? 시청자들이 이미 상황을 이해하고 있을 테니 짧은 영상에 드라마를 넣을 수 있을 거 아냐. 「가위손」을 패러디한 「호미손」? 너무 말도 안 되나? 하하하."

"웃기긴 웃기겠다. 하하."

"진짜 이걸로 해볼까?"

"재밌을 거 같은데?"

10분 내외의 짧은 회의를 마치고, 당장 다음 날 촬영하기로 결정했다. 준비물도 없고, 각자 의상 준비, 나머지는 밭에 있는 것을 상황에 따라 이용하기로 했다. 촬영장비는 학교에서 대여하고, 아침부터 학교에 모여 촬영을 시작했다. 봉석이 연출을 하고, 주인공 남학생 역에는 수웅, 여학생은 소은이 맡는 자급자족의 형태. 촬영은 봉석의 친구, 형진이 함께했다.(봉석의 친구라는 이유로, 우리 프로젝트에 몇 번 동원된 경력이 있다.) 촬영이 시작되자 학교 안에서 이상한 짓을 하고 있는 우리를, 사람들이 더 이상한 눈빛으로 쳐다보았다. 하지만 이상한 짓으로 남들 눈치 볼 우리가 아니다. 지나가는 사람들조차 즐겁게 하려는 마음으로 더 열심히 촬영에 임했다.

재미로 농사를 시작해 1년간 작부계획 따윈 없는 우리처럼, 즉흥적으로 시작한 촬영은 변변한 시나리오도 없었다. 사실은 따로 대본 만드는 것이 귀찮았고, 음향까지 녹음하기가 어려워서 무성영상을 만들었다. 이왕 무성영상으로 만들 거면 영상도 흑백으로 처리하고 중간중간 대사를 자막으로 삽입하여 고전적인 분위기를 연출하기로 했다. 대사 없이 대강의 스토리만으로 촬영을 진행하다 보니, 연기자들은 애드립으로 고난이도 상황 연기를 해야 했다. 어색한 입 모양으로 다양한 표정 연기, 과장된 행동 연기를 해야 했지만, 다행히 수웅과 소은이 뛰어난 연기력으로 재미있게 표현해냈다.

엔딩 부분에는 크레딧과 함께, 그저 좋다고 난동 부리는 가사의, 인디밴드 '자마이칸 로맨스'의 「좋아좋아」를 배경으로, 출연자들이 다 함께 어울려 노상에서 춤을 추는 우스꽝스러운 장면을 넣었다. 봉석과 형진이 고생하며 다음 날 편집을 한 번에 끝내고, 유투브 업데이트와 동시에 간신히 출품할 수 있었다. 이렇게 땡전 한 푼 들이지 않고 완성한 영상은, 뛰어난 연출력, 재치 있는 연기, 우아한 편집으로 키치하고 재기 발랄했다.(지극히 개인적인 평가이다) 사실 촬영된 영상에는 옷 속에 손을 구겨 넣어 손가락으로 간신히 호미를 쥐고 있는 모습이 지속적으로 노출되었고, 농산물을 수확하는 연출 장면에서는 농작물을 던지는 손이 나오고, 대사에 다양한 오타가 등장하는 등 허접스러운 장면들이 곳곳에 숨어 있다. 하지만 그래서 더 재미있고, 키치하다고 내 마음대로 정의 내렸다. 이제 발표만 남았다. 우리가 1등일 테니 시상식 참여할 준비만 하면 된다. 진심 어린 확신으로 발표를 손꼽아 기다렸다.(유투브에서 '호미손'을 검색해 감상해보시길 강력 추천 드립니다.)

드디어 당첨자 공고가 떴는데…… 아쉽게도 우리는 2등이었다. 우리보다 잘한 사람들이 있다니. 나 혼자 믿지 못하겠다고 울부짖었지만, 겸손한 봉석은 2등도 놀라운 결과라며 대단하게 여겼다. 그래, 2등도 뭐 괜찮지. 1등은 분명 내정되어 있던 거라 의심하면서(나만의 1등 내정자설) 당당하게 시상식에 참여했다. 시상식은 폼 나게 한겨레신문 본사에서 열렸고, 우리는 긴장하며 시상식장에 들어섰다. 그날은 공교롭게도 CCP 우수상 수상식과 같은 날이었기에, 오전과 오후로 두 군데 시상식에 참석하는 놀라운 상황이 벌어졌다. 남들은 관심도 없겠지만, '우리 이런 사람이야' 하는 자부심으로 드레스코드도 '블랙&화이트'로 맞

우리 같이
농사 지어
볼래요?
당신과
함께라면
뭔들 못하겠어요.

추고 집결했다. 하지만 겨울이다 보니 시상식에 참석한
사람들의 의상이 대부분 검은색이어서 우리의 드레스코
드는 묻혀버렸다. 남들이 검은색 옷을 입을 거라 예상하
고, 혼자 튀어보겠다고 나만 하얀 옷을 입고 왔다. 나는 고
개를 치켜 올리고, 자신감 있는 모델 워킹으로 그날 하루
를 돌아다녔다. 시상식장에서도 우리 집 앞마당인 것처럼
까불며 소란스럽게 굴었다.

〈한겨레신문〉과 '한살림' 관계자들은 떼거리로 몰려
와 소란을 피우는 우리를 어색한 미소로 바라보았다. 시
상 후에 수상작 상영 시간에는 우리끼리 키득댔다. 다른
수상자들은 영상 제작을 위해 관련 분야를 공부하고, 전
문적으로 작품을 제작한 사람들이었다. 그제야 우리가 2
등을 수상한 게 기적이라는 생각이 들었다. 심사위원들은
「호미손」을, 촬영장의 분위기가 생생하게 느껴지는 유쾌
한 작품이었다고 극찬을 쏟아냈다. 하하하. 우리는 제작한
영상을 보고, 상을 받고, 칭찬을 듣는 순간에도, 우리가 처
한 모든 상황이 너무나 웃겨 견딜 수가 없었다. 시상식이
끝나고 단체사진을 찍었다. 남들은 혼자서, 둘이서 나왔지
만 우리는 단체로 몰려가 촬영을 했고, 나는 맨 뒤에 섰다
가 얼굴이 잘리는 참사를 당했다.

말도 안 되는 시상식을 끝내고, 우리는 기뻐하며 상금으로 술을 마시러 갔다. 기대하던 200만 원이 아닌, 2등을 위한 100만 원에 세금까지 공제된 금액이었지만, "한 작품을 더 만들어 1, 2등을 휩쓸걸", "우리도 CG라는 걸 썼다면 단연 1등인데" 하는 실없는 농담을 쏟아내며 좋아했다. 그러나 당장 장부에는 남은 돈이 없고, 당일에 상금 입금이 이루어지지 않았기에, 우리는 또 n분의 1로 나누어 각자의 사비로 씁쓸하게 뒤풀이를 해야 했다. 그리고 우리의 말도 안 되는 단체사진은 다음 날 〈한겨레신문〉에 찍혀 나왔다.

그래서 너희,
귀농이라도

할 거야?

이쯤 되면 항상 우리를 향해 묻는, 그 질문에 대한 답변을 하는 예의가 필요하겠지. 그 질문은 바로, "그래서 너네 귀농이라도 할 거야?"

우리 사회에 귀농이 얼마나 필요하고 중요한 이야기인지는 두말할 것이 없다. 세계 인구의 50%가 도시에 살고 있다는데, 우리나라에서는 자그마치 94%의 사람들이 도시에 거주한다. 지옥도를 방불케 하는 끔찍한 현실이다. 도시의 땅 한 평을 자신의 것으로 만들기 위해 목숨을 바쳐 일하는 처절한 인구 밀도의 상황에서, 조금만 밖으로 나가면 사람 한 명 구경하기 힘든, 처량한 풍경만 가득한 우리의 농촌이 있다. 도심의 땅 한 평이 농촌에서는 100평, 200평의 가치로 둔갑하는데, 도시가 노아의 방주라도 되는 것마냥 억지로 매달려 있는 꼴이 슬프다.

우리는 이 '레드오션'에서 태어나, 이 터질 듯한 공기가 자연인 것처럼 여기며 평생을 살아온, 철저한 '도시 아이들'이었다. 나는 외가와 친가를 서울에 둬 평생 '시골'이라 명명할 만한 곳을 찾아가본 적도, 그 땅을 밟아본 적도 없는 순수한 도시민으로 자랐다. 내가 상상하는 '시골'의 이미지는 어느 영화에, 어느 드라마에 나왔던 이미지들의 전형적인 조합일 뿐이다. 이런 내가 귀농을 이야기하는 것은, 수도하러 티베트로 떠나는 것만큼 환상적이고 비현실적이다. 그러니 내가 상상하던 농촌, 귀농은 서양의 오리엔탈리즘처럼, 너무 멀리 있어 오히려 신비로운 색채로 그리는 이상일 뿐이었다.

우리에게 처음 현실적인 귀농을 이야기하게 한 것은 권우정 감독의 다큐멘터리 영화 「땅의 여자」였다. 대학 동창인 여자 셋이 같은 농촌 마을로 시집을 가 농민운동을 하며 사는 모습을 그린 이 영화의 주인공들은 우리에게

무시무시한 공포감을 선물했다. 농촌의 모습은, 내가 여느 영화에서 봤던, 아름다운 색감과 정다운 분위기의 그곳이 아니었다. 수채화 같은 영화 포스터와는 달리 다큐멘터리적 색감과 거친 화면은, 내 마음의 아름다운 색깔들도 다 빨아들이는 듯했다. 내 눈에 비친 그녀들은 행복해 보이지 않았고, 그녀들의 고군분투와 거뭇한 피부, 적막한 분위기는 나를 아프게 했다.

우리가 농촌에 찾아간다면 영화보다 더 거대한 현실을 만날 것이다. 친구들과 아기자기한 학교텃밭을 꾸리는 이 만화 같은 현실이 더욱 박진감 넘치는 '리얼리티쇼'로 확대되는 것이 아니라, 구제역으로 한 해 농사를 망쳤다는 어느 농부의 우울한 인터뷰처럼 잔인하게 변할 것이다. 달콤한 꿈이 깨어날 수 없는 지독한 현실로 뒤바뀔 것이다. 나는 어떤 말을 해야 할까? 귀농을 궁극적인 목표로 둘 것이냐는 질문에, 어울리지 않는 '마더 테레사'를 흉내내며 나를 부르는 그곳에 기쁘게 달려가겠노라 거짓으로 답해야 할까? 아니면 달콤한 꿈만 꾸겠다고, 이기적으로 말해야 할까?

농촌공동화, 다문화가정을 비롯한 문제들은 내 '귀농

판타지'에 처음부터 속해 있지 않았다. 솔직히 내가 농촌으로 가게 된다면 홀로 낯선 나라에 시집오는 이주여성들의 심경과 조금도 다를 바 없을 것이다. 그곳에는 나를 아는 사람이 없고, 우리 가족, 또래 친구도 없다. 낯선 땅, 낯선 풍경, 낯선 사람들만 있다. 지금 친구들과 손바닥만 한 땅을 알콩달콩 가꾸는 걸 재밌어 하지만, 홀로 땅 수백 평을 갈라고 하면 나는 도망갈 것이다. 영화로만 우주를 보고, 게임으로만 우주여행을 하다가 진짜 나 홀로 우주선을 타라고 하면 씩씩하게 조종석에 앉을 자신이 없는 것처럼.

농촌으로 뛰어들 용기가 없는 나는 이 텃밭을, 그저 답답한 도시민들이 꾸미는 주말농장, 주말의 낚시터처럼 은밀한 도피처로 여겼을 뿐일까? 살벌한 경쟁 구도에서 벗어나 살겠다면서 대학생 신분으로 숨어 있는 내 모습이 어떨 땐 비겁하게 느껴지는 것처럼, 농사가 중요하다 떠들면서 정작 나 자신은 레저의 개념으로 야비하게 농사일을 소비하고 있는 것은 아닐까?

홀로 귀농하는 것은 큰 시련과 실패를 맛볼 확률이 높다. 홀로 무인도로 들어가 로빈슨 크루소처럼 생존하라는

미션만큼 어렵다. 산에 들어가 도를 닦는 것처럼 외롭다. 당장 도시로 달려가면 나를 위로해줄 수많은 사람들이 있는데. 게다가 혼자 농사를 짓는 것은 정신적 외로움뿐 아니라 육체적으로도 벅차다. 수도승이나 작가처럼 혼자 작업해서는 이뤄내기가 힘든 노동이다. 따라서 한 명이 시골로 내려갈 것이 아니라 농촌에 공동체를 만들어야 진짜 변화를 이룰 수 있다. 가서 아이도 낳고, 함께 일할 가족과 동료도 있어야 즐겁고 지속 가능한 농촌사회를 가꿀 수 있다. 하지만 현실은 이렇다.

여섯 명의 농부가 94명의 먹을거리를 생산한다. 그러나 여섯 명의 농부들이 식량 공급을 중단한다면 94명이 죽을 수도 있는 이 기형적인 구조에서, 사람들은 조금도 불안해하지 않는다.(오히려 2012년에 지구가 멸망할 것이라는 예언이 우리를 더 불안하게 만든다.) 이 신기한 현상은 도시에서 아옹다옹하는 우리의 모습에서도 똑같이 나타난다. 이런 요상한 사고관이 박힌 사람들의 생각을 바꿔, 다 함께 농촌으로 가자 설득하고, 적절한 인구 밀도를 만들어내는 기적을 만들 수 있을까? 최소 우리 식구들만이라도 생각을 바꾸게 해서, 나 홀로 귀농하는 것은 두려우니 함께 가자고 할 자신도 내겐 없다.

사실 여섯 명의 농부가 94명의 먹을거리를 생산하지만, 사람들은 94명의 도시민이 여섯 명의 농부를 먹여 살린다고 생각한다. 방사능이나 핵잠수함은 두려워하지만, 당장 눈앞에 다가온 먹을거리 위기에는 관심이 없다. 빵이 없으면 과자를 먹으면 된다고 했다던 수백 년 전 누군가의 일화처럼, 국산 쌀이 없으면 맥도날드 햄버거를 사 먹으면 된다고 생각한다. 그래서 우리는 아직 해야 할 것이 많다. 무지한 군중을 깨워야겠다는 계몽적인 생각을 하는 것이 아니다. 처음부터 우린 미래의 농사를 이끌어나갈, 거창한 비전 따윈 없었다.

귀농이 유일한 해답은 아니다. 정작 농사일에 관심 있는 희귀한 젊은이인 우리도 희망 직종에 농업을 거론하지 않는다. 가뜩이나 놀기 좋아하는 날라리들이 농촌에 대한 책임감을 좋다고 떠안을 리가 없지 않은가. 우리는 농사 자체가 목적인 이들이 아니다. 우리 중 진심으로 귀농을 생각하는 사람은 아직 없다. 그저 욕심 없는 보통의 도시농부로 살아가길 원한다. 생계와 직결되지 않아 부담도 없고, 언제든지 그만두고, 언제든지 시작할 수도 있다. 다만 많은 사람들이 우리에게 남들보다 조금 더 큰 책임감을 기대하기에, 그 기대 앞에서 어떻게 행동할지 가끔 고민하고, 어렴풋이 그려볼 때가 있는 것이다.

인류는 자기 주변에 농작물을 길러 왔다. 농촌에서만 농사짓고 도시에서는 땅을 가꾸지 않는 지금이 오히려 역사적으로 부자연스러운 시기다. 그렇기 때문에 농사를 짓기 위해선 농촌으로 내려가야 한다는 강박에서 벗어나야 한다. 커피를 좋아한다고 에티오피아에서 살 필요는 없다. 농사짓기 위해 사는 곳을 옮기는 게 아니라 사는 데에서 농사지으면 된다. 이 당연한 이유를 두고, 강요된 사명감으로 고뇌하고 억지 변명과 자괴감에 시달릴 필요가 없다. 그냥 농사짓자. 내 사는 곳에. 콘크리트를 뚫고, 이 척박한 도시에.

도시에서 농사짓는 것은 어렵기도 하다. 하지만 그 어려움을 즐기겠다는 데 무슨 문제가 있을까? 도시농업은 생각보다 재미있다. 크게 농사짓는 게 아니면 농촌에 내려간대도 생계가 어려워 다른 고정 수입을 얻어야 한다. 농촌에 살며 농사짓고, 돈은 도시 와서 벌어가는 건 너무 피곤하다. 우린 그냥 도시에서 농사지을래. 땅 없으면 어때? 베란다에, 옥상에, 화단에, 학교에, 상자에라도 주머니

에라도 어디든 지을래.

만약 농촌으로 내려간다면 그건 농사를 짓기 위해서라기보단 이 답답한 도시에 질리고 식상해졌기 때문일 것이다. 하지만 지금의 나는 도시에서 살고 싶다. 대한민국이 싫다고 대한민국에서 안 살기가 쉬운가? 도시가 싫어도 이곳에 내가 좋아하는 것들이 너무 많다. 우리 가족도, 친구들도, 즐겨 찾는 카페와 편리한 대중교통이 있다. 우리 집과 우리 동네가 있다. 나중에 내 친구들이 함께 농촌으로 내려가자면, 그땐 진지하게 고민해야겠다. 아니 뭐 벌써 조금은 가고 싶기도 하다. 그러나 그것이 나의 아련한 동경이고 젊은 모험심에서 발동한 것이라는 걸 아니까 진지하게 생각해보는 건 그때 다시 해봐야지. 지금은 날라리 도시농부로 살고.

신나지 않는 건 농사도, 청춘도 아니다

"우리, 안면도 안 갈래?" 하고 묻는 지은의 말에, 왜라고 묻지도 않고 "콜!"을 외쳤다. 자세히 들어보니 농촌진흥청 산하 국립원예특작과학원에서 주관하는 '도시농업 공동 연구과제'라는 긴 이름의 워크샵에 사례 발표로 초대되었다고 한다. 강사료도 준다니, 그걸로 교통비 삼아서 회 먹으러 간다 치고, 수업도 째고 신나서 안면도 가는 버스터미널에 모였다. 그런데 이게 웬일인가! 출발 전날, 스웨덴으로 교환학생을 떠났던 봉석이 돌아왔다. 버스터미널에서 환하게 웃고 있는 그. 부모님께 단단히 '까이고' 한 학기를 말아먹으며 돌아와버린 봉석은 살이 쏙 빠져 있었

다. "왜냐?"고 물으면 "그저 웃지요"로 대답하는 그는, 필경 위태로운 '씨앗들'을 그리워하다 돌아온 것이리라 우리끼리 짐작하곤, 더 이상 묻지 않고 함께 버스에 올랐다. 우리 '워크샵 참가차 출장' 가는 거야? 우와 짱!

그렇게 출발한 지은, 수웅, 봉석 그리고 나. 봉석은 입국한 지 24시간도 되지 않았는데, 버스에서 회의판을 벌인다. 지치지도 않는지, 스웨덴에서도 매일같이 카페를 들락거리며 씨앗들의 상황을 확인했으면서 묻고 또 묻고, 자신이 생각해온 보안, 제안거리들을 쏟아낸다. 이야기하는 봉석과 지은의 열정이 지나쳤을까? 앞좌석에 앉은 아저씨는 시끄럽다고 크게 훈계한 뒤 자리를 옮겨버리기까지 하셨다. 만물이 깨어나는 경칩을 지나, 다시 본격적으로 농사를 시작하면서 매일같이 만나고 회의하느라 정작 전공 공부는 제대로 못하고 있는데, 버스에서도 회의해야 돼? 학교를 그만두든지 농사를 그만두든지 해야 되나? 지난 학기 '학고'를 맞아버리고, 이번 학기는 휴학해버린 봉석처럼, 둘 다 걸쳐 졸업도 못하고 만년 4학년인 나는 어떻게 해야 하지? 구시렁거리다가 난 회의고 뭐고 잠들어버렸다.

삐딱하게 자다가 결린 목을 부여잡고 도착한 휴게소. "휴게소 하면 통감자구이지" 하며 감자를 사 먹고 있는 친구들을 보니 나 혼자 자버려 미안해서인지 몰라도, 기분이 좋아졌다. 종이컵에 순진한 모양을 한 알감자들이 사이좋게 담겨 있었는데, 소금간도 없이 넷이서 이쑤시개로 두세 개씩 찍어 먹으니 금방 동이 났다. 평일이라 휴게소에는 타고 온 '서울 → 안면도'행 버스만 홀로 서 있었지만, 그 모습이 이상하게도 외로워 보이지 않아 즐겁게 떠들며 버스로 돌아갔다.

도착한 안면도에서는 이름난 굴밥을 먹어야 한다는데, 낯선 우리는 바닷바람 맞으며 이리저리 찾다가 결국 터미널 근처 음식점에서 동태탕을 먹었다. "일본 방사능 때문에 우린 이제 애도 못 낳겠네" 하며 무서운 얘기를 깔깔대며 했다. 배부르게 먹고 나와 택시를 타려다 딱 맞는 꽃지행 시내버스 출발시간을 보고, 몇 푼 아끼겠다고 버스를 탔는데 알고 보니 바로 다음 정류장이 목적지인 꽃지 해수욕장이었다. 해수욕장 입구에서 바라보니 물안개에 뒤덮인 건물 하나가 저 멀리 혼자 있다. 저게 워크샵이 열린다는 그곳인가? 외떨어져 위엄에 뒤덮여 있는 모습이다.

해수욕장 입구부터 "워크샵에 걸어가 참석하는 사람들은 우리밖에 없을 거야" 웃으면서 해변을 따라 걸었다. 안개를 헤치며 홀로 걷는 봉석은 영화 「만추」의 현빈처럼 우수에 차 보였다. 봉석은 밤색 트렌치코트 깃을 세우고 혼자 멀리서 해변가가 아닌 갓길을 걸었고, 지은은 코트 주머니에 손을 찔러 넣고 혼자 바닷물 쪽으로 가까이 다가가 바다 멀리를 바라보며 걸었다. 수웅은 바닷물에 신기한 듯 제일 먼저 달려가더니 해초에 뒤엉켜 싹이 난 고구마 한 개를 주워와 놓고 이상하다며 보여주곤 바다에 휙 버렸다. 봄 바다의 물안개를 처음 본 나는, 안개에 뒤덮인 친구들의 모습이 신기했다. 사진을 몇 장 찍었지만, 내가 바라보는 모습과는 달리 건조한 사진만 찍혀 나왔다. 나는 사진 찍기를 그만두고 친구들을 따라 향해 천천히 걸었다.

도착한 건물의 위엄 앞에서, 우리는 어색해하며 입구에서 나눠주는 목걸이를 걸고 워크샵 장소로 들어갔다. 이미 시작된 워크샵에서는, "2008년 8·15 경축사에서 대통령이 저탄소 녹색성장을 내세워 농촌진흥청 역할이 커졌고, 국회 도시농업포럼 창립이 되었다"는 이야기에서부터 농촌진흥법, 농업농촌기본법, 농지법 등의 이야기도 나왔다. 국가에서 100% 지원하는 215억 원 규모의 노시농업이 2011년부터 5년간 진행될 예정이라 다양한 분야의 교수님들과 연구원들이 진지하게 PT를 경청하고 계셨다. 우리는 방을 잘못 찾은 어린애들처럼 분주하게 들어와 빈자리에 앉아서 알아듣는 척을 하고 있었다.

농진청의 긴 안내가 끝나고, 전국귀농운동본부와 '씨앗들'의 사례발표가 시작되었다. 지은은 우리의 경작 과정과 '레알텃밭학교', '씨앗들 장터' 등을 소개하며 대학교에서 도시농업을 하며 겪은 어려움을 이야기했다. 참석자분들은 농업에 관심을 가진 대학생들의 모습을 보니 마음이 짠하다며 과분한 칭찬을 해주셔서, 우린 얼떨결에 박수갈채까지 받았다. 진행자 분께서 지은이처럼 미친 사람이 한 명은 있어야 단체가 잘 돌아간다고 우스갯소리를 하셨고, 우리는 지은이 공식 '미친 사람' 타이틀을 얻었다며 재미있다고 놀려댔다. 회를 먹으러 안면도까지 워크샵 핑계를 대고 내려온 거였는데, 드라마처럼 버스가 끊겨 회도 못 먹고, 집에도 못 가는 시간에 회의장을 나왔다. 다행히도 귀농운동본부에서 대표로 사례 발표를 하러 참석하신 이복자 선생님의 차를 얻어 탈 수 있게 되어 염치없이 선생님의 차에 네 명이나 얻어 타고 서울로 돌아왔다. "이제 대학텃밭 종결자는 지은이고, 봉석은 방심한 틈에 2인자 자리로 내려왔다"고 놀리면서.

저녁도 굶고 서울로 돌아온 우리는 귀농운동본부의 선생님들의 초대로 광명에 있는 주점에 갔다. 젊은 애들 먹으라며 참치회를 떠다 주셔서, 안면도에서도 못 먹은 회를 서울에서 맛있게 먹었다. 이것저것 차려주시며 우리를 너무나 아껴주셨는데, 젊은 애들이 왜 농사를 짓느냐며 궁금해하신다. 스펙 때문이냐고 진지하게 물어보시는데, 지은은 막걸리 때문이라고 웃으면서 막걸리 한 잔을 받았다. 당신들도 중년이 돼서야 농사를 찾았는데, 어린애들이 왜 그러냐며 핀잔하듯 말씀하시면서도 평생 술도, 안주도 사주겠다며 좋아하신다.

우린 젊다고 하루 종일 대접받았다. 젊은이들의 외면을 받는 농사이다 보니 유별난 우리를 희망이라 칭해주신다. 젊은 애들이 왜 농사를 짓는지 진심으로 궁금해하시는데, 농산물 생산과정의 기형적 구조에 대한 도전이라든지, 자본주의와 세계화에 대항하는 접근이라는 식의 멋들어진 대답을 해드리지 못하고 미소로 대답한 까닭은, 진짜 단순하고 개인적인 이유로 우리가 농사를 짓고 있기 때문인 것 같다. 도시농업 공동과제의 사회적 사명감으로 농사를 계속하는 것이 아니라 정말 재미있고, 특별한 이유 없이, 그저 하고 싶기 때문이다. 우리가 안면도로 향한 것은 도시농업 공동과제의 대표적인 사례가 되기 위한 것이 아니라 단지 통감자와 동태탕을 먹고, 그 물안개를 보기 위해서였던 것처럼. 도시농업의 미래를 이끌어 나가기 위해서보다는, 사람들과의 즐거운 만남을 위해 그 술자리를 찾았던 것처럼.

우리를 귀여워해주신 선생님들이 너무 고맙다. 하지만 아마도 우리는 먼 곳에서 열린 호화로운 세미나만 찾는 껍질뿐인 지식인들과 (아이러니하게도) 비슷한 이유로, 멀리 있는 곳을 찾아가는 그 과정이 재미있어서 여기저기에 참석하고, 재미없어 보이면 가지 않는다. 지은은 곧 대학생 신분을 벗어나는데, 열 번만 텃밭학교에 참여하겠다고 한다. 그럼 적어도 5년간은 이 일을 하겠다는 것인데, 책임감이 대단하다. 지은이가 한다면 좋아하는 친구가 있으니까 나도 따라가겠지. 그럼 내가 또 이 친구들 손을 안 놔주고 같이하자고 징징대겠지. 이 친구들이랑 같이 있는 한 스웨덴에서 돌아온 봉석처럼 언제든지 찾아오겠지. 나중에 수백 만 원을 주고 세미나에 참석해달라고 연락이 와도, 이 친구들 없으면 안 가야지. 아니, 수백만 원이면 좀 생각해봐야겠다.

정책적으로 도시농업을 지원하고 발전시키겠다는 위에서의 발상과 지속적인 연구도 필요하겠지만, 유명하신 교수님 한 분 한 분이 대학교에, 바쁜 국회의원들도 짬짬이 국회의사당 앞 너른 마당에 직접 농사를 지으면 더 자연스럽게 도시농업이 자리 잡을 거란 생각이 든다. 연구만 하고, 사례 발표만 듣는 것과는 또 다르니까. 다자녀 가정에게 텃밭을 분양해주는 것도 좋고, 도시농업 마스터 가드너를 뽑는 것도 좋겠지만, 우리 함께 해봤으면 좋겠다. 시청 앞 광장 잔디에 들어가지 말라며 그물 쳐놓지만 말고, 시청 광장을 누구나 경작할 수 있는 즐거운 텃밭으로 바꿔준다면 정말 좋지 않을까?

'살롱드은하'로 놀러 오세요

'살롱드은하'는 은하의 자취방 이름이다. 광주에서 서울로 유학을 오게 된 은하는 학교 근처의 자취방이 아니라, 학교에서 조금 떨어졌지만 혼자 살기엔 널찍한 집을 구했다. 마땅한 회의실이 없어 경작이 끝난 늦은 시간 회의할 곳을 찾는 우리를 자신의 자취방으로 초대한 은하. 학교에서 버스를 타고 찾아간 그곳은 방 두 개에 거실, 화장실까지 갖춘, 초호화 자취방이었다.(적어도 가난한 대학생인 우리의 눈에는) 평소 은하의 집을 자주 찾았던 지은과 함께 은하는 뚝딱뚝딱 맛있는 요리를 비루한 우리에게 대접했다. 고급 레스토랑에서 내올 법한 연어볼, 연두부샐러드, 버섯덮밥을 친구의 자취방에서 먹어보다니 이런 호사가 또 어디 있을까! 항상 라면과 김치가 자취방 식단의 전부였던 우리의 눈은 휘둥그레졌다. 나는 사진까지 찍어댔다.

그리고 낯선 풍경은 여기서 끝이 아니었다. 냉장고에 붙어 있는 종이엔 '살롱드은하'라는 타이틀과 함께, 집을 이용하는 사람들이 집 안에서 지켜야 할 수칙들이 써 있다. 그 내용은 아래와 같다.

살롱드은하 이용수칙

1. 냉장고 냉동실 문이 잘 열리니까 꼭 닫아야 합니다.
2. 인터넷 공유기 비번 주소는 XXXXX입니다.
3. 창문 열 때 방충망은 절대 열면 안 됩니다.
4. 화장실 문은 꼭 닫고 화장실 휴지는 변기에 버립니다.
5. 고양이들이 화장실에 가야 하니까, 베란다 문은 꼭 열어둬야 합니다.
6. 냉장고에 있는 음식들은 맘껏 드셔도 되지만, 주류는 구비해 두지 않습니다.

응? 주거지에 고유명사의 이름이 있다고? 은하의 지인이라면 누구나 정해진 수칙 안에서 살롱드은하를 이용할

수 있는 시스템이라니! 만화책에 나오는 주인공들의 아지
트를 방불케 한다. 자취생의 집에, TV와 소파도 있다. 웬
만한 살림살이를 전부 갖춘 이곳은, 우리에겐 낙원보다
훌륭하게 느껴졌다. 그런데 거기서 끝이 아니다. 살롱드은
하에는 알 수 없는 마법이 있었다.

그때까지만 해도, 실상 우리는 절친한 친구 사이이라기
보다는 함께 일하는 동료에 가까운 사이였다. 그런데 살
롱드은하에 들어서면서부터 우리는 짜놓은 것처럼 소꿉
장난 세트에서 엄마아빠놀이를 하는 어린애들로 변했다.
공간이 우리를 역할놀이에 뛰어들게 한 것이다. 나는 당
연히 누워서 티브이를 보며 딴청 부리는 아빠 역할을 했
다. 은하와 지은은 콩닥콩닥 음식을 만들어내는 엄마 역
할을 하고, 선미와 봉석은 신나서 떠들어대는 애들 역할
을 했다. 자연스럽게 정해진 역할을 한 채로, 차려진 밥상
을 맛있게 비우고 나니 한 가족으로 맺어진 기분이 들었
다. 살롱드은하를 기점으로, 우리 사이는 동료에서 친구
사이를 건너뛴, 대안가족으로까지 급진전된 것이다.
　우리는 서로 가까운 속성이 거의 없다. 전공도 다르고,
살아온 환경도 다르다. 성격도 무지 다르다. 그런데 어떻

게 밥 한 끼로 한 가족으로 자리 잡은 느낌이 드는 거지? 여기서 잠깐, 내가 보는 우리 일당의 유별난 성격을 설명 하자면…….

우선, 봉석은 내가 가장 파악하기 어려운 인물이다. 서글서글한 얼굴에 매일 웃는 얼굴. 쩍쩍 쪼는 '씨앗들' 마나님들의 잔소리는 언제나 봉석을 향한다. 오빠가 다해. 떠넘겨도 웃고, '워낭소리'라 놀려도 허허 웃는다. 게다가 오그라드는 행동 달인. 처음에 회의를 마치고 돌아가면서 소감을 말하자고 제안했다. 회의 소감? 진심으로 오그라들어 사라질 뻔했다. 언젠가 텃밭학교회의를 마쳤을 때 다 같이 손을 가운데로 모아 파이팅을 외치자고 하기도 했다.(옆 테이블에 공부하는 사람들도 많았다) 웃어넘기려 했는데, 다 같이 모은 손을 위로 쳐드는 게 창피하면 아래로 파이팅을 하자고 재차 건의하는 것이다. 사람들이 많아서 눈치 보이는 거면 밖으로 나가자고까지 했다! 술도 안 마시는 '건전남'. 단점은 습관적 잠수 타기. 사적인 얘기도 잘 안 한다. 우리끼리 짠 '몰카'에 순진하게 당하기도 하고, 가끔은 과감한 결정도 하는 부드러운 리더이다. 봉석이 교환학생이 되어 스웨덴으로 떠나버렸을 때 그 빈자리가 너무 크게 느껴져 깜짝 놀랐다. 하지만 다시 돌아왔을 때 눈물로 환영하기는커녕 바로 구박과 괄시 모드를 복구해 그를 맞았다.

소은은 우리 중에 성적이 가장 좋다. 장학생이다. 내가 평소에 비인간적으로 취급하는 부류의 인물이다.(솔직히 말하면 '인재'라고 할 수 있다. 참고로 우리 중에 학점이 이토록 좋은 사람은 소은이 독보적이다.) 하지만 평범한 장학생이라기엔 관심사가 너무나 다양하다. 우리랑 농사를 같이 짓는 것부터 낌새가 이상하지만, 종이접기 최고자격증이 있는가 하면 심폐소생술 자격증도 있고, 펜아트란 것도 할 줄 안다. 게다가 얼마나 글로벌한 마인드를 가지고 있는지 지난 1년 동안 에스토니아 워킹을 다녀오고, 브라질로 봉사활동을 다녀오더니 중국으로 교생실습을 갔다 왔다. 미쳤다. 중국에서 돌아온 지 얼마 지나지 않았는데, 곧 미국으로 교환학생을 간다. 역시 '글로벌 소은'. 기타를 배우고 싶다더니 곧바로 기타를 메고 다니고, 오랜 연극부 활동으로 연기도 수준급이다. 고등학교 땐 힙합 동아리를 창단했다질 않나, 뭐든지 모르는 건 배우고 싶어하고, 궁금해한다. 그런데 또 특이한 건 가끔 단어를 요상한 조합으로 끼워 맞

추고(지리교육과면서 '제곱미터'를 '미터제곱'이라 하고, '할복자살'을 '복부자결'이라 말하기도 했다.), 나이도 제일 이런 주제에 "너", "야" 거리질 않나. 얘, 뭐야!

　은하는 우선 살롱드은하의 그 은하라는 점부터 수상하다. 집에는 이상한 수칙이 적혀 있질 않나, 방 한쪽엔, 자취방에서 볼 수 없는 책이 수백 권 꽂혀 있는 독서광이질 않나. 집에는 엄청나게 큰 고양이 '쵸니'와 귀염둥이 '카니'가 있다. 완전 '고양이 덕후(특정 분야에 과도하게 열광하는 사람을 일컫는 말)'. 쵸니를 데리고 미국까지 교환학생을 다녀온 몸이니 더 이상 할 말 없다.(우리는 은하가 고양이만 보면 목소리가 변한다며 놀린다) 그루터기텃밭을 어슬렁거리는 길고

양이를 보곤 '타리'라는 이름을 지어주고, 밥그릇과 식량까지 텃밭 한쪽에 챙겨두었다. 시답잖은 농담에도 제일 빵빵 터져주는 순수한 마음에, 타의 추종을 불허하는 요리 솜씨는 당연 공인된 1등 신붓감. 낯을 가리는 성격에 친해지기는 어렵지만, 조금만 기다리면 다정하고 여린 마음을 열어준다.(성격이 고양이랑 똑 닮았다.) 우리 카페 매니저로서 역할도 톡톡히 해낸 데다, 학교는 진즉 끝마쳐놓고 졸업시험만 치르지 않아 수료 상태로 1년을 보낸 대단히 여유로운 면이 있다.(은하 덕에 '수료'라는 단어를 배웠다.)

선미는 작고 귀여운 여자애가 이상하리만치 힘쓰는 걸 좋아한다. 농사도 육체노동을 즐기고파 시작했다 하고, 힘쓰는 일이라면 좋다고 달려온다. 자신이 관심 없는 이야기에는 '흥미 없음'을 여실히 드러내고, 남의 의견에 "그래?" 하고 무심한 반응을 보일 때도 많다. 집은 중계동이면서, 학교는 안암동인데, 친구랑 둘이서 서초동에 자취를 하더니, 이젠 서교동으로 대학원을 갔다.(이 점이 제일 이상하다.) 지금은 서교동에서 대학원 다니면서 안암동 도서관에서 공부하고, 서초동 집으로 퇴근하며, 중계동 집은 용돈 받으러 간다. 육체노동 찬양파라 베이비시터도 하고,

커피숍에서 알바도 했다. 귀찮아하면서 갤러리 인턴에 유명작가 어시스트까지 한다. 하기 싫은 건 하기 싫다고 말하고, 하고 싶은 건 알아서 잘한다. 떡을 잘 먹는 떡순이. 빵도, 건강식도 잘 챙겨 먹는다. "먹을래?" 하고 그녀가 가방에서 꺼내 놓는 건 단순한 과자가 아니다. 바나나, 미숫가루, 떡, 심지어 시장에서 사 왔다며 엿을 꺼낸 적도 있다. 진짜 소탈하고 '쿨'한 여자.(그러나 잘생긴 남자를 좋아하는 단점이 있다)

수웅은 마지막에 들어와선, 어색해하지도 않고 사람들하고 금방 친해졌다. 요상한 춤추기(일명 '스캥킹')를 특히 좋아하고, 뭐든지 한 번 좋아하면 미치도록 빠져든다. 영화, 뮤직비디오에 출연하질 않나, 여기저기서 모델 일을 하기도 한다.(이렇게 말하면 '초특급 얼짱' 같지만, 실상은 그냥 보통사람이기에 특이하단 거다) 스카(Ska. 자메이카에서 발달한 관악기 위주의 음악)를 좋아해 낯선 말을 중얼대고, 가끔 길바닥에서 연기하고, 뭐라도 다 해보려고 한다. 그냥 완전 이상하다고 생각하면 된다. 오줌 모으기를 즐겨 여기저기서 떠벌리고 다니는 자발적 오줌 전도사 역할을 하고 있다. 농사일은 순환의 가치를 연구하다가 빠져들게 되었다고 한다. 우리

사이에선 개그를 전담해 그 책임감 때문인지 이상한 행동
과 말을 자주 한다. 하는 짓과는 다르게 전공은 정치학이
고, 의외로 착실하다. 몸은 부실하나 일은 열심히 잘한다.
대학을 졸업하고도 군대를 안 다녀와 백수생활을 즐기다
가, 이 책의 출판을 앞둔 지금은 군인이 되었다. 안타깝다.

지은은 우리 중에 농사일을 제일 잘한다.(지은, 봉석 농사
꾼레벨/ 나머지는 완벽한 하수레벨.) 여고생 같은 애가 호미질
도 잘하고, 막걸리도 잘 마신다. 술을 좋아해서 자주 마시
지만, 또 잘 마시지도 못한다.(그렇게 자주 마시면 늘 법도 한데)
술 취하면 애기같이 생글생글 귀여운데, 평소에는 말도
못하게 시니컬하다. 나랑은 어릴 적부터 친구라 아무렇
지도 않은데, 다른 사람들은 그녀의 시니컬한 말투에 놀
란다. 못돼서가 아니라 솔직한 성격 때문에 그렇다. 가식
적으로 웃는 얼굴을 못한다. 그런데 마음은 무진장 여리
다. 아마 상처받기 싫은 마음에 쌀쌀맞게 구는 듯하다. 고
양이를 키우지도 않으면서 '고양이 덕후'다. 자신을 경계
하는 은하네 쵸니에게도 수년간 애정을 퍼붓는 위인이다.
애정전선에 다가가기가 어려워 그렇지, 애정을 주기 시작
하면 일편단심이다. 허나 표현을 잘 못하는 순수한 여자

이기도 하다. 텃밭에도 언젠가부터 푹 빠져서는, 이대에도 밭을 만들고, 중학교에 보급까지 나간다.(일 벌이는 데는 선수)

　윤지(나)는 사회성이 상당히 떨어진다. 아는 사람도 몇 없고, 연락하고 지내는 사람도 거의 없어 몇 달 전엔 휴대폰도 없앴다. 그래놓고 스마트폰에서 해방되었다며 자랑하더니 한동안 공중전화 카드를 들고 다녔다. 대학생활에도 흥미가 없어 방황하던 중 밴드활동을 1차 목적으로, 전공수업은 곁다리로 들으며 간신히 학교를 다녔다. 자신이 예술가라도 된다고 믿는 건지, '또라이 짓'을 낙으로 삼는 등 현실 도피적인 행동만 한다. '비가 온다, 학교 안 가', '머리 아프니까 집에서 쉬어', 이런 식으로 사는 인간이 농사를 짓는다는 게 말도 안 된다. '배짱이' 근성으로, 농사 일하는 데 기웃거리며 혼자 깨작댄다. 그리고 열심히 일한 애들더러 수확물로 파티나 하자고 뻔뻔하게 말한다. 그런데 다들 개성이 워낙 강하다 보니 '이런 애도 있구나' 하고 쫓아내지 않는다. 그리고 진짜 같이 끼워줘서 파티도 해준다. 그래서 지금까지 붙어 있다. 게다가 한 것도 없으면서 자신을 주인공으로 책까지 쓰고 있으니 말 다했다.

진짜 보통 사람은 하나 없는 우리의 공통점은?

사회적 고립: 윤지, 은하, 지은 vs **사회성 폭발**: 소은, 수웅

농사고수: 지은, 봉석 vs **농사하수**: 그 밖에 전부

체력인정: 봉석, 선미, 소은 vs **저질체력**: 은하, 윤지, 지은

스펙왕: 소은 vs **스펙꽝**: 나머지 잉여인간들.

도무지 같은 범주에 끼워 넣을 수가 없다. 오히려 서로 반대되는 특성들도 많다. 굳이 따지고 따지자면 마이너적인 취향에 자기 마음대로 사는 성격, 일 벌이기를 좋아하며 다방면에 관심이 많다는 것 정도?

그런 우리를 묶어준 것은, 마법 같은 살롱드은하의 힘이 아니었나 싶다. 그날 먹은 버섯덮밥에 엉뚱한 독버섯이 들었던 건지, 단 한 번의 유아적인 역할놀이가 우리에게 최면을 걸었다. 은하가 친언니처럼, 소은이 친동생처럼 사랑스럽게 느껴지게 된 것이다.(논리적으로 설명 불가능하다.) 그 후에도 살롱드은하에서 오코노미야끼와 카레도 만들어 먹고, 밭에서 수확한 것을 이렇게 저렇게 맛있게 조리해서 먹었다. 봉석과 수웅은 살롱드은하를 찾은 최초의 남자가 되는 영광도 누렸다.

서로의 집에 드나드는 것은, 어떻게 보면 쫌 '야시시'
하지만, 서로를 묶어주는 좋은 계기가 되는 것 같다. 서초
동에서 친구와 자취하는 선미네 집은, 미니멀리즘을 표
방한다지만, 넓은 거실에 작은 텔레비전과 사이클 머신
만 덩그러니 놓여 있는 곳이다. 처음엔 수확한 배추를 선
미네 집 베란다에 두려고 찾았는데, 후엔 근처에서 술 먹
다가 돈을 아끼려고 2차로 선미네 집에 쳐들어갔다. 선미
와 함께 사는, 대기업에 다니는 예쁘장한 룸메이트가 퇴
근 후 피곤하게 집에 들어왔는데, 우리 '잉여단'은 이미 집
을 점거하고 술판을 벌이며 부엌에서 호박을 찌고 있었
다. 같이 놀자고 했지만, 그녀는 출처가 불분명한 잉여단
과 놀아줄 희생정신을 발휘하기보단 방에 들어가서 자는
것을 선택했다. 우리는 자는 그녀를 옆방에 두고 축구를
봤다. 배려한답시고 음소거로 해놨다지만, 왜 음소거로 해
놨는지, 그럴 거면 보지 말라니, 누가 축구 따위를 틀었냐
니 소리를 질러댔고, 결국 음소거를 한 것보다 훨씬 큰 소
리를 내며 민폐를 끼쳤다. 우리 집 지하실에서 엠티를 한
적도 있는데, 전날부터 봉석을 놀린다고 온라인 회의를
하며 대본까지 만들어서 '몰카'를 짰다. 보기 좋게 그를 속
여 놓고 깔깔대다가 새벽이 되어선 케이블에서 하는 성인

채널을 여러 번 돌려보다 지겨워 잠들었다.

　우리가 큰 다툼이나 분열 없이 잘 지내온 이유는 정치 집단이나 스터디모임이 아닌, 정체불명의 친목모임이기 때문인 듯하다. "그 결정은 나의 정치적인 입장과 달라"라든가 "이 부분은 모임의 목적과 어긋나는 것 같아"라는 식의 기준과 각박함이 없기 때문에, 평양냉면이 진짜 행주 빤 물맛인지 먹어보자고 모이는 식(진짜 행주 맛이 났다)의 맥락에서 벗어난, 아니 맥락이 뭔지도 모르는 일들을 닥치는 대로 해도 된다. 그러므로 살롱드은하는 정치적인 공모를 꿈꾸는 아지트가 아니라 '맛있는 음식'을 모임의 첫 번째 목적으로, '개소리'를 모임의 두 번째 목적으로 찾는 공간이고, 거기에 전략회의나 친목은 의도치 않은 부산물일 뿐이다. 그냥 놀려고 만났으니까 놀면 된다.

　"우리 살롱드은하 가자."
"왜?"
"그냥. 맛 있는 거 해 먹고 놀게."
"오호, 당장 콜!"
(은하에게 전화한다.)

"지금 몇 학년이세요?"라는 질문에 나는 항상 우물쭈물
한다. 내가 몇 학년이었더라. 아직 졸업을 못했으니까 4학
년? 9학기를 다니고 있으니 5학년이라고 해야 되나? 나의
어설픈 대답 뒤에는 "그럼 이번에 졸업하시는 거예요?"라
는 당연한 질문이 기다린다. "아, 이번에 졸업을 해야 정
상이겠죠, 근데 제가 또 하고 싶은 일이 많아서……" 하고
장황한 변명이 이어진다. 상대방이 질문하길 잘못했구나
싶게 하는, 서로 어색하고 미안한 분위기가 돼서야 겨우
이야기는 다른 주제로 넘어간다.

아, 이런 패턴이 지겹다. 나의 정황 안내문을 A4 분량으로 상세히 적어 코팅해 목에 걸고 다녀야 이 반복적인 상황을 종결할 수 있을 듯싶다. 4학년이면 누구나 취업 준비생으로 여길 테지만, 나는 이때까지 '취업 준비'라고 부를 만한 노력은 조금도 하지 않았다. 그럼 구직 의사가 없는 청년실업예정자로 분류당해야 하는가? 아니, 난 구직을 포기할 생각도 없다. 그럼 그렇게 떠들어대던 '땅 파먹고 살기'를 실현할 생각인가? 아니, 난 제대로 된 농삿밥도 먹어본 일 없는데다, 내놓을 만한 농사 한 번 지어본 적도 없는데 말도 안 된다. 그럼 어떻게 살 거냐고?

아직 잘 모르겠다. 대학교 4학년이나 됐는데, 아직도 어떻게 살 건지 모르겠다고? 당황스럽겠지만, 나는 오히려 다른 친구들이 인생의 방향을 정하고 열심히 살아가는 모습이 정말 존경스럽고 신기하다. 난 100살까지 살 건데, 아직 내 인생의 반의 반뿐인 이 시점에, 나머지 75년의 방향을 정하는 중요한 결정을 하기엔 아직 난 모르는 게 너무 많다. 으레 20대에 남은 인생 전부를 공유할 사람을 찾는 결혼을 한다는 것도 신기하고, 지금의 내 학점이 평생 사회생활을 하는 데 발목 잡힐 거란 조언을 들어야 하는 것도 이상하다. 내 짧은 경험은 인생을 결정하기엔 그 근거가 너무 미약하고, 나는 더 새롭고 더 흥미로운 삶을 살고 싶다. 나는 스펙은 하나도 없고, 허술하기만 한 대학생활이 좋았다. 남들 다 하는 것들은 하나도 안 했지만, 내가 하고 싶은 것들을 했으니까.

1, 2학년 때는 전공은 나 몰라라 하고 듣고 싶은 교양 수업만 잔뜩 찾아 들었다. 대학생이면 자고로 과외로 폼 나게 돈 벌어야겠다 싶어 초등학생부터 성인 과외까지 가리지 않고 하며 돈도 벌었다. 대학생이라고 날 따르는 중고생들이 귀여워 부적합한 능력으로 멘토까지 자청해서 아이들과 어울려 놀기도 했다. 대학생활의 낭만은 누가 뭐래도 밴드지. 혼자 낭만에 젖어 들어간 밴드부에선 이건 대학생인지 날라리인지 멋있는 밴드들의 공연을 찾아다니느라 번 돈은 탈탈 털어 쓰고, 같은 밴드 친구들도 기타만 들고 베이스만 치면 다들 그렇게 멋있을 수가 없었다. 방학 때에도 학교에 와서 합주하는 열정으로, 언젠가 지저분한 동아리방에서 근사한 작품이라도 탄생할 것만 같았다.

고학년이 돼서도 내 삶은 변함이 없었다. 어쩔 수 없이 꼭 들어야 되는 전공 수업만 듣고, 타과 수업이나 듣고 다니니 교양이나 타과 이수 학점만 넘쳐난다. 돈 쓸 데는 왜 이렇게 많은지 교통비에 허술한 밥값, 술값을 대기에도 벅찬데, 돈 모으면 기타도 사야 되고, 노트북도 사고 싶으니……. 최저임금 받으면서 카페에서 일하고, 갤러리에서도 일하면서 간신히 연명했다. 집에 들어가서 밥 먹으면 내 돈 안 들겠지만, 어디 젊은 청춘이 집에 짱 박혀 있을 쏘냐! 매일 여기저기 들쑤시고 다니려면 돈이 필요한데…….

그리고 시작한 농사. 이건 지금까지 내가 해왔던 것들이랑 달리 하다가 돈 벌면 그만두고 갈아타는, 그런 것이 아니었다. 하면 할수록 아직 시작이었고, 안 해본 것투성이였다. 봄 농사 끝나면 여름 농사, 여름 농사 끝나면 가을 농사. 상추 심으면 깨도 키우고 싶고, 당근을 수확해보면 옥수수도 해보고 싶다. 대학 다니는 동안 잠깐 해보는 것으로는 될 일이 아니었다. 그렇다고 대학 졸업해서 직장 가면 더 하기 어려운 일일 것이었다. 남들 도서관 갈 시간에 친구들과 텃밭에 모였다. 두꺼운 전공 서적을 바리바리 싸 든 학생들은, 삽질하는 우리의 모습을 의심의 눈길로 바라본다. '쟤네 저기서 뭐하는 거지?'

나는 대학교 4학년이 되서야 비로소 대학에 대해 진지하게 생각했다. 왜 친구들 대부분이 고시, 학점, 취업에만 열중하는지에 대하여. 사실 '지침서' 없는 대학의 구조 속에서, 스펙·인턴·해외연수·봉사·공모전·자소서라는 단어들로 구성되는 대화 속에서 학생들은 '대학이란 이런 건가 보다' 깨닫기 쉽다. 강의는 학점을 따기 위한 수단이며, 이수하는 강좌명은 '취업정보분석과 입사전략'이니, 남들 따라 취업공고를 기웃거리는 게 고학년답고 미래 지향적이며 철든 행동으로 취급된다.

요즘의 대학은 386세대가 생각하는 투쟁과 자유의 공간일 수가 없다. 386세대는 2010년대의 대학생을 이해하기 어렵다. 낭만도, 열정도 없는 대학생활. 민주화가 뭔지 자유가 뭔지도 모르는 대학생들. 주어진 자유 안에서 고민도, 투쟁도 없이 연봉과 스펙에만 관심 있는 이기주의자들. 그러나 아이러니하게도, 현재 대학생 자녀를 둔 부모들의 입장에서는 또 386세대의 이야기가 다르다. 자녀가 동아리나 술자리에 시간을 낭비하기보다는 열심히 공부해서 장학금 받기를, 대기업에 취직하기를 바란다. 그러니 부모세대의 두 얼굴 아래서 요즘 대학생은 힘들다. 스터디도 해야 하고 '삼성맨'도 꿈꿔야 하는데, 청춘의 낭만과 고민까지 해야 한다.

지금의 대학은 과거의 대학과는 완전히 다르다. 대학 진학률이 80퍼센트를 넘어서는데, 대학생에게 엘리트 의식을 지우고, 20대는 사회적 책임과 목소리가 없다는 식의 이야기는 말이 안 된다. 더 이상 대학생은 엘리트일 수 없다. 지금의 대학은 지식의 상아탑과는 멀찍이 떨어진, 고등학교 다음의 고등교육기관일 뿐이다. 마치 대학이 중학교, 고등학교 다음의 필수교육과정으로 여겨지듯이 대학생들에게 취업은 대입 다음의 자연스런 과정일 뿐이다. 지금의 대학생은 젊은 지성, 자유로운 영혼이 아니라 죄의식에 사로잡힌 취업준비생이자 잉여에 가까운 삶을 살아간다. 대학생들은 부모에게 수천만 원의 등록금을 짐 지우며, 사회적인 목소리도 없다고 비난받는 강요된 엘리트의식과, 현실의 괴리에서 가중된 죄의식과 책임 위에서 있다. 지금의 대학은 푸른 잔디밭에서 열정적으로 토론하고, 사회적인 문제로 분개하는 우리 가슴속 아름다운 이데아가 아니다. 그러니 이데아와 현실의 비연개성으로 혼란스러운 이들은 "오늘 나는 대학을 그만둔다, 아니 거부한다"고 외칠 수밖에 없다.

사실 나는 "좀비화되었다"고 비난받는 20대의 보편적인 생각이 어떤 건지는 잘 모르겠다. 내가 스물다섯 먹은 거랑, 범주화된 20대에 속하는 거랑 좀 다르다. 친구도 많지 않은 내가 현재 20대의 보편적인 특성을 알 리가 없고, 지극히 개인적인 나의 경우에 비추어 20대들의 삶을 예상해본다. 나의 많은 친구들은 '질풍'과 '노도'라는 문자를 중학교 가정시험을 위한 답안으로 외우며 '질풍노도의 시기'를 보냈다. 열다섯 살짜리 학생들이 반듯한 책걸상에 앉아 '우리는 질풍노도의 시기를 겪고 있다'고 익히는 낭만적인 풍경을 생각해보라. 나는 내게 주어진 '질풍'과 '노도'가 무엇인지 조금도 몰랐다. 그저 80점대 중간고사 점수를 내 '질풍'쯤으로 여겼고, 모의고사 배치표에서 하향 조정된 내 위치가 '노도'쯤인 줄 알았다. '2차 성징의 출현'과 더불어 암기한 나의 '질풍노도의 시기'는 그렇게 얼렁뚱땅 보내버렸다고 익히며 끝낸 것이다.

스무 살이 되어도 여전히 모르는 것들이 너무 많았다. 내 멋대로 살아도 되는데, 지극히 당연한 그 사실을 그때까지도 몰랐다. 그리고 내가 그 사실을 알았을 땐 이미 세상이 엉덩이를 두드리며 이제 다른 사회로 나가라고 내몰았다. 난 이미 한참 뒤쳐진 것이라 말했다. 어쩌면 나는 '질풍'과 '노도'를 겪지 못해서 의식적인 삶을 사는 법을 몰랐던 것이다. 그저 남들 가는 길로 졸졸졸 따라왔으니, 또 누군가의 내몰림으로 우리에 갇힌 양 떼처럼 뽈뽈 따라갈 줄만 알았다. 하지만 문득 그렇게 살고 싶지 않았다. 이미 한참 뒤쳐진 것이라 들었지만, 무리에서 이탈한 양 한 마리가 자기가 가고 싶은 방향으로 총총 사라진다면 다른 이들의 눈총을 받고 신속한 사회체제에 난조를 불러오겠지만, 그래도 나는 다른 양들의 엉덩이만 좇으며 평생 살아가는 멋대가리 없는 '양2'가 되고 싶지는 않았던 것이다.

지금 모든 매체에서 20대를 운운하고, 범주화시켜 통칭하는 이유는 사실 상품성이 있기 때문이다. 어디 문제가 20대에만 있으랴, 입시지옥의 10대, 정년퇴임의 50대, 노인문제의 70대 등 따지자면 문제가 없는 세대는 없다. 하지만 누가 여린 10대를 비난하리오, 입신양명한 50대를 까리오, 경로우대해야 마땅한 70대를 욕하리오? 20대는 비난한다고 달려들 힘도, 투쟁하려 뛰쳐나갈 응집력도 없고, 어른들의 조언을 겸허하게 받아들여야 하는 '학생'이라는 만만한 신분으로 묶인다. 신문물을 가장 빨리 흡수하는 것도 20대고, 신문명의 단점을 세대적인 특징으로 그대로 설명할 수 있는 것도 20대다. 이슈가 되는 SNS, 4G 등이 보여주는 경박함과 개인화, 초고속은 그대로 20대의 키워드가 된다.

'깔' 것이 얼마나 많은가. 입시지옥을 거쳐 탄생한 무의지적, 좀비적 자아들, 치솟는 등록금으로 부모님 허리를 부러뜨리는 불효자들, 취업의 눈만 높아진 청년실업자들. 체제 안에서 살아남아야 하는 '배틀로얄의 시대' 속에서, 사회적 불의는 내 탓이 아니라는 도피증, 대면적인 소통을 피하고 문자와 이모티콘으로 소통하는 분자화된 개체들. 게다가 20대는 사회적 목소리를 낼 만한 기회도 없고, 입장도 못 된다. 20대의 대표성을 띤 사람은 누구일까? 20대라고 나선 몇몇이 20대의 정체성을 이야기할 수 있을까? 왜 30대의 대표로 등장하는 사람은 없는데, 20대를 대변하는 인물들은 존재하는 것일까? 한국인을 대표하는 '홍길동'은 가상의 인물인 것처럼 그 누구도 20대의 단일한 목소리를 낼 수 없다.

20대를 향한, 20대를 주제로 한 상품과 비평이 끝없이 쏟아지고 있다. 실체도, 대표성도 없는 20대라는 집단을 향한 이야기가 너무 많다. '청춘'이니 '20대', '대학생'

등의 키워드를 달고 나오는 아이템들은 그 소비자층을 20대, 20대 자녀를 둔 부모님 세대, 20대의 바로 선배인 30~40대에게까지 넓힐 수 있다. 20대를 겨냥한 상품들은 다양한 소비자 스펙트럼으로 상품의 효과를 극대화할 수 있는 훌륭한 경제학적 시장인데 누가 투자를 마다할까? 이 자본주의 논리에 주어지는 문제는 20대를 표적으로 누가 상품을 생산하느냐는 데 있다. 20대라는 넓은 집단을 비판하고 조언할 수 있는 이들은, 후배들인 10대나 이제 막 사회에서 자리를 잡은 30대가 아니라 20대의 부모세대 혹은 사회적 위치를 공고히 한 세대일 수밖에 없다. '대학생들이여, 이렇게 살아라, 저렇게 살아라. 청춘이여, 견뎌라, 이겨내라. 20대여, 의식을 가져라, 행동하라' 하는 식의 교훈적인 메시지는 '질풍노도의 시기'를 암기할 때처럼, 우리의 정체성을 은근히 강제한다. 인생에 정답이 어디 있겠는가? 이렇게 살아야만 멋진 청춘이고, 무엇을 추구해야 가치 있는 대학생의 삶이란 말인가? 20대가 원하는 것은 또다시 암기해야 하는 누군가의 '20대 해설서'나 연민에서 비롯된 위로가 아니다.

쏟아지는 '청춘들을 향한' 도서, 강연들은 한물간 자기계발서처럼 시시하다. 오히려 청춘들을 향한 기성세대의 반복적이고 교훈적인 메시지에 힘을 얻는 일부 청춘들의 위태로움이 애처롭다. 스스로 인생의 해답을 찾아야 마땅한 20대가 인생의 강요된 정답을 머리맡에 써 붙여놓고, 암기하며 잠드는 모습이 슬프다. 지금의 20대는 기성세대가 겪어온 20대와는 또 다른 정체성의 세대이다. 그 누구도 겪어보지 못한 20대, 21세기를 사는 20대이기 때문이다. '나의 20대는 이러이러했다'는 기성세대의 설명은 과거 20대의 사료에 불과하다. 그러니 20대는 불안정하고 위태로우니 비난하지 말라는 기성세대의 지지 또한 공허하다. 20대의 입장을 20대가 아닌 이들이 표현하고 변명하는 것은 웃기다. 20대의 이야기는 20대가 해야 진짜다. 진짜 20대만이 평균수명 100살을 사는, 국민연금을 더 내고 덜 받을, 평생직장이 없는, 20대를 이야기할 수 있다.

사실 이제 '20대 담론'은 지겹기 짝이 없다. 집단적 특성도 없는 20대를 치켜세우고 비난하기도 하고, 매번 새로운 타이틀을 붙여주는 지지부진한 작업을 귀담아 듣는 한가한 20대도 없다. 20대는 스스로를 20대라고 자처하지도, 명명하지도 않는다. 세대론을 들먹이며 20대를 갖고 노는 것은 20대를 제외한 나머지 세대, 20대를 상품화

20대 담론들이여.. 즐!
난 내길 가련다!

하려는 한물간 자본의 논리, 무엇이든 뽑아내려는 매체의 노력에 지나지 않는다.

　내 또래 많은 친구들은 부모님의 정년퇴임을 걱정한다. 20대 대학생 자녀를 둔 학부모들은 대부분 50대 후반이다. 다행인지 불행인지, 자녀가 사회에 진출함과 동시에 부모는 사회에서 퇴출당한다. 학생들은 자연스레 누가 가장의 공석을 메울 것인지 고민하고 준비한다. 사실 반값 등록금 문제로 뜨겁게 달궈진 요즘에도, 정작 학교의 강의실에선 반값 등록금 이야기를 쉽게 들을 수 없다. 강의 시간에 현 이슈에 대한 사례 중 하나로 거론되는 경우는 있지만, 정작 우리가 당사자이니 이 문제를 심각하게 토론하고 이끌어가야 한다는 식의 논의는 거의 이루어지지 않는다. 많은 대학생들에겐 당장 이 문제에 팔 걷어붙이고 뛰어들어 왜곡된 시스템을 개선해야겠다는 불굴의 의지보다는 '어차피 당장 내야 할 등록금을 착실하게 내고 차라리 하루 빨리 학교를 졸업해 사회에 진출하여 큰돈을 벌어야겠다', '원하는 대기업에 입사해 학자금 대출을 값아야겠다'는 것이 가장 현실적인 해답일 것이다.

대학은 왜곡된 문화로 정체되어 있다. 하지만 대학의 관심사는 잘못된 구조에 대한 타개가 아니라 더 멋진 현대식 건물의 증축, 보유 적립금의 확대 따위에나 쏠려 있다. 천만 원씩이나 되는 등록금을 받을 거면 당장 비합리적인 교육 조건부터 개선해야 마땅하다.

요즘은 대학을 졸업했어도 니체, 칸트 같은 이름은 생소하게 느끼는 학생들이 대부분이다. 그러나 그 대신『맨큐의 경제학』,『해커스 토익』을 수십 번 읽었다고 해서 이들을 모자라다고 나무랄 수 없다. 우리의 대학은 학생 수가 많아서, 학교가 넓어서, 등록금이 비싸서 '대(大)'학이라는 이름을 단 것 같다. 진짜 중요한 가치를 공부해서, 학생들의 꿈과 이상이 커서 무엇이든 할 수 있기에 '대(大)'학이 될 수는 없을까? 학생들이 진짜 원하는 것은 으리으리한 강의실이나 현대적인 조경이 아니라 나의 이름을 아는 교수님, 내가 하고 싶은 공부를 마음껏 할 수 있는 강의, 비합리적인 죄의식에서 벗어나 낭만과 자유를 꿈꿀 수 있는 멋진 분위기라는 것을 알아야 한다. 과거의 청춘이 그랬듯 오늘의 청춘도 목이 마르다. 고민이 많다. 낭만이 고프다.

이제 스물하고도 다섯 살. 스물다섯이면 아이보리색 투피스를 입고 구두를 또각거리는 커리어우먼이 되어 있을 줄만 알았는데, 막상 스물다섯이 된 나는 여태 투피스는 입어본 일이 없고, 신발장엔 구두는 무슨, 마구 벗어놓은 알록달록한 스니커즈만 내버려져 있다. 학교에 들고 가는 것은 무거운 전공 서적이 아니라 흰 노트랑 MP3이고, 친구들을 만나는 곳은 깨끗한 강의실이 아니라 조그만 우리 텃밭이다. 이토록 철없는 스물다섯 살. 마음은 아직도 열여덟 여고생에서 한 뼘도 자라지 못했다. 아직 대학에서 하고 싶은 것들이 많다는 긍정적인 사연으로, 나는 졸업을 못하고 있는 것도 맞지만, 안 하고 있는 것도 맞다.

나는 강의실보다 이 좁은 텃밭에서, 교수님보다 함께 일하는 친구들한테서, 전공 서적보다 작은 작물에게서 더 많은 것을 배웠다. 낮은 학점보다는 고기를 먹어야 할지, 대형마트에 가야 할지 고민하는 데 시간을 보냈다. 내가 잘했다는 것도, 잘못했다는 것도 아니다. 하지만 졸업을 못한 나나 취업을 못한 내 친구들이 사회부적응자나 낙오자로 취급받을 까닭은 없다. '칼졸업' 하고 스물네 살에 취업하는 거랑 느긋하게 서른네 살에 취업하는 거랑 무엇이

더 가치 있는 건진 누구도 따질 수 없다. 단지 서른네 살에 취업하는 게 조금 더 어려울 수는 있다. 수입 없이 서른네 살까지 살아낼 수 있을 것인가? '날백수' 신세에 결혼은 할 수 있을 것인가? 사회적인 압박을 견뎌낼 수 있을 것인가? 고민해야 할 것이 더 많기 때문이다.

하지만 고민하는 자아를 누가 비난할까? 30대까지 아르바이트로 연명한다고 구린 삶이 아니고, 화려한 싱글로 산다고 부덕해지는 것도 아니다. 게다가 매력적인 백수가 결혼을 못할 리도 없다.

이제 철 지난 20대론은 그만 떠들면 좋겠다. 인생은 정답을 20대 안에 못 찾으면 망하는, 토익 시험지가 아니다. 넘어지고 부딪혀 온몸이 상처투성이라고 아름답지 않은 것은 아니다. 그렇다고 농사에 뛰어드는 게 정답도 아니고, 차근차근 스펙을 쌓는 게 위선도 아니다. 예순 살까지 살던 20대랑 100살까지 살 20대랑은 또 많이 다르다. 그러니 100살까지 살 20대는 제멋대로 다르게, 새롭게 살면 된다. 우리가 위태롭게 수십 년을 살다가 아흔아홉살에 비로소 인생의 해답을 찾는다 해도, 그 또한 무엇보다 멋진 일이기 때문이다.

'너무
열심히'보다
재미있게
살아요

선술집에 모여 이야기한다.

"소은아, 넌 너무 열심히 사는 것 같아."

"응? 내가?"

"응, 너 아무것도 안 하고 있어 본 적 있어?"

"멍 때리는 거? 나는 멍 때리는 게 뭔지 모르겠어. 멍하니 카페에 앉아 있는 사람들을 보면 왠지 멋있어 보이는데, 어떻게 그럴 수 있는지 모르겠어."

"너 그럼 침대에 멍청하게 누워 있어 본 적 없어? 주말 아침에 일어나면 뭐해?"

"아침에 일어나면 청소하고, 설거지도 하고, 집 앞에 공원에서 산책도 해."

"뭐? 그걸 아침에 한꺼번에 다 한다고? 원래 주말 아침엔 그냥 침대에 늘러 붙어 있어야 하는 거 아니야? 아니, 일어나면 두세 시쯤 되는 게 정상 아니야?"

"하하, 그런가? 몰라, 나도. 그냥 그렇게 살았어."

열심히 산다고 막내인 소은을 다그치는 무서운 언니들. 열심히 산다고 뭐라 하다니 이상하다. 근데 우리 눈엔 소은이 이상해 보인다. 뭐든지 잘하고 항상 바쁜 그녀가 갑자기 쓰러질까, 힘들어 넘어지면 어떡하나 괜한 걱정이 든다. 소은은 신기해한다. 자기 얘길 그렇게 심각하게 꺼내는 사람들은 처음 본다고 한다. 사실 소은은 어디에 있든 뭐든지 잘해내는 당찬 아이란 걸 안다. 뭐든지 잘하는 그녀를 부러워하는 사람들도 많을 것이다. 근데도 날라리 언니들은 그녀가 걱정된다. 만날 웃는 얼굴도 걱정된다.

우리는 이렇게 이상한 애들이다. 열심히 사는 것을 걱정하고, 자기 마음대로 사는 것을 자연스럽게 생각하는 사람들. 돈이 없어 싸구려 커피를 마시지만, 없는 돈 모아서라도 장터를 열고 싶어하는 아이들.

소은이 애교를 가르쳐준단다.

"이렇게 머리카락을 양쪽에 조금씩 쥐어서 도깨비 뿔 모양을 만들어선, '삐죠또?' 하고 고개를 갸우뚱하는 거야. 해봐, '삐죠또?'"

소은과 수웅이 춤을 춘다.

"이렇게 엉덩이를 쭉 빼고, 들썩들썩, 어, 그렇게!"

선미에게 전화를 걸어 묻는다.

"야, 우리 지금 이대에서 농사짓고 나오는 길인데, 올래?"

"아, 생각해보고……. 아아, 아현동에 유명한 자장면집 있는데, 자장면 먹으러 가야겠다."

봉석을 놀려본다.

"오빤 여자들한테 이렇게 둘러싸여 있고 말이야, 완전 능력자야."

"야, 우리가 언제 남자, 여자 따지고 대우해줬냐. 너희가 나 부려먹기나 하지!"

혼자서는 퇴비를 뒤집을 수가 없다. 혼자선 무거운 퇴비통을 넘어뜨려 흙과 뒤섞어주기가 힘들다. 혼자 예쁜 작물을 수확하는 것보다 함께 못생긴 작물을 수확하는 게 훨씬 기쁘다. 힘이 세고 덜 세고는 상관없다. 각자가 할 수 있는 일을 하면 된다. 힘이 센 사람이 더 삽질을 잘하는 것도 아니다. 누군가 삽질할 동안 누구는 호미질을 하면 된다. 노동에 아무리 신성한 가치들을 부여하고 절실한 구호로 외쳤어도, 직접 해보지 않으면 모른다. 밥값을 하려면 열심히 일해야 한다. 땀 흘리지 않으면 땅은 아무것도 주지 않는다. 정직하게 일한 만큼만 얻을 수 있다.

몸을 쓰는 게 얼마나 즐겁냐. 땀도 나고, 살도 빠지고, 배도 고프다. 밥은 맛있어지고, 몸은 개운하다. 반복적인 일을 하다 보면 무념무상의 경지에 이를 때도 있다. 시간이 훌쩍 간다. 해가 지고 움직이는 것을, 눈으로 보지 않아도 느낄 수 있다. 반복적인 일을 하다 보면 자연스레 서로 친해진다. 도서관에서 조용히 공부할 땐 바로 옆자리 사람과도 친해질 수 없지만, 함께 일을 하다 보면 두 손은 반복적인 일을 하게 되고, 입으로는 옆 사람과 사사로운 이야기를 나누게 된다. 그러다 보면 따로 친목시간을 갖지 않아도 어느덧 친해진다. 농작물을 공유하다 보면 알 수 없는 깊은 유대감도 생긴다.

함께 솎아낸 작물들을 씻어 먹으면 진정 맛있다. 생갈비가 양념갈비보다 비싸지 않은가. 배에서 갓 낚아 떠 먹는 생선회가 최고 맛있듯이 양념으로 무치지 않고 바로 씻어 먹는 새싹들은 무엇보다 달콤하다. 어느 날은 살롱드은하에 모여 제이미 올리버가 30분 안에 요리를 뚝딱 뚝딱 만드는 프로그램을 봤다. 우리는 그 어떤 쇼 프로그램보다 재미있게 지켜봤다.

"우리 동네 슈퍼에 저런 소스를 안 판다고. 저런 다양한 조리 기구가 없어서 못 하는 거야, 우린."

"저걸 30분 만에 만들다니 말도 안 되잖아."

주부들같이 재잘재잘 수다를 떨며 그의 화려한 손놀림에 시선을 떼지 못하는 우리.

작물을 재배하다 보니 식재료와 요리법에 대한 관심이 저절로 생겼다. 현대인들은 미각 교육을 따로 받아야 할 정도로 저급한 음식에 중독되어 있다. 요리는 당연히 엄마나 식당 아주머니가 하는 것으로 여기고, 제 먹을거리와도 철저하게 단절되어 있다. 하지만 농사를 짓는 우리는, 맛있는 음식을 먹을 때면 어떤 재료가 들어갔는지 궁금증을 품게 되었고, 키운 농작물로는 어떤 맛 좋은 요리를 만들어 먹을 수 있을지 궁리하게 되었다. 농사를 시작하고 1년 만에, 봉석은 우리에게 음식을 만들어줬다. 처음엔 요리도 못하는 순진한 남학생이었는데, 이젠 가스레인지 앞에서 땀을 송글송글 흘리며 음식을 만들어 와서는, "맛있어?" 하고 눈을 반짝이며 물어본다. 우리 대장의 놀라운 변화에 어딘가 뭉클하다. 그리고 봉석이 내온 음식은 정말 맛있었다.(봉석에게 오그라드는 성격이 전염된 것 같다.) 우리에게 식재료에 대한 관심은 정치, 문화, 경제 등 다양한 분야에 연관되어 있다. 어쩌면 텃밭교육보다 요리교육이 먹을거리 인식을 바꾸는 데 훨씬 효과적일 것 같다.

우리는 작은 텃밭으로 얻은 게 많다. 건강한 채소뿐 아니라, 좋아하는 사람들, 중요한 가치, 새로운 관심거리 등

나열하기도 어렵다. 2011년 8월. 대학을 졸업한 선미, 수웅, 은하. 마지막 학기가 남은 지은, 소은, 봉석, 나. 아직 젊은, 평균 연령 24세의 우리. 아직도 하고 싶은 것들이, 할 것들이 무지막지하게 쌓여 있다. 피망도 심고, 수세미도 심고, 허브도 기르고 싶다. 같이 쿠바로 여행을 떠나고 싶다. 가끔은 열심히도 살아보고, 가끔은 늘어져 무위도식하고 싶다.

봉석이 묻는다.
"야, 뭐 재미있는 거 없냐?"
은하와 내가 또 재잘댄다.
"영화제 갈까? 아, 지은이 애뉴얼 레포트를 만들어보자는데."
"우리 청년 사회적 기업 만들어볼까? 흐흐. 음식을 개발해보는 거야. 카페 차릴까? 아님 재활용 상품 만들기는?
수익모델 만들어보자. 재밌겠지! 아 맞다, 또……."

등록금 문제와 함께 대학생들에 대한 다양한 조언들이
범람하고, 도시농업에 대한 정부나 기업의 다양한 지원이
쏟아지는 이때, 우리는 나름 '대학'과 '도시농업'을 결합한
트랜디한 아이템으로 비춰져 그동안 많은 언론의 관심을
받았다. 하지만 어디 농사가 유행이라는 게 말이나 될 법
한 이야기인가! 유행 따라 2011년엔 농사짓고, 2012년에
는 해양스포츠를, 2013년엔 락페스티벌을 간다는 게 우
리의 상식은 아니다. 우리가 하는 텃밭농사는 잠깐의 시
도도 아니고, 순간의 외도도 아니다. 직업농부는 아니지
만, 허풍을 조금 친다면 우리에게 농사는 우리 삶의 방식
이고 꿈과 희망인 것이다.

누구는 나의 이야기에 '그래서 어쩌라고?' 할지도 모른다. 우리의 시도에는 이 삭막한 현실을 타개할 수 있는 구체적이고 참신한 대안이 없다. 하지만 직접적인 해결책뿐 아니라 비판적인 시각 역시 대안적인 행동의 한 가지라 생각한다. 지금도 난 가끔 우리가 왜 농사를 짓고 있는지 헷갈린다. 도시농업의 전도사가 되어 도시농업을 널리 퍼뜨리기 위한 광고 수단으로 대학에서 유별난 농사를 짓고 있는 것은 아닌지. 농민운동에 뛰어들어 직접적인 행동에 나서야 하는 건지, 아님 당장 초심으로 돌아가 농사에만 열중해야 하는 건지 모르겠다. 하지만 내가 유행하는 노란 머리를 예쁘다며 하게 될지라도, 그 밑엔 촌스러운 토시에 화려한 '몸빼바지'를 입고 텃밭을 가꿔가고 싶다. 그게 내가 꿈꾸는 모습이고, 당신에게 전하고픈 짧은 메시지가 될 거라 난 믿는다.